Fëdor Dostoevskij

MEMORIE DAL SOTTOSUOLO

versione filologica del racconto lungo

(1864)

a cura di Bruno Osimo

Titolo originale dell'opera: Записки из подполья
Traduzione dal russo di Bruno Osimo

Bruno Osimo è un autore/traduttore che si autopubblica

La stampa è realizzata come print on sale da Kindle Direct Publishing

ISBN 9788831462150 per l'edizione elettronica
ISBN 9788831462167 per l'edizione cartacea

Contatti dell'autore-editore-traduttore: osimo@trad.it

Traslitterazione

La traslitterazione dei nomi è fatta in base alla norma ISO 9:

â si pronuncia come 'ia' in 'fiato' /ja/
c si pronuncia come 'z' in 'zozzo' /ts/
č si pronuncia come 'c' in 'cena' /tɕ/
e si pronuncia come 'ie' in 'fieno' /je/
ë si pronuncia come 'io' in 'chiodo' /jo/
è si pronuncia come 'e' in 'lercio' /e/
h si pronuncia come 'c' nel toscano 'laconico' /x/
š si pronuncia come 'sc' in 'scemo' /ʂ/
ŝ si pronuncia come 'sc' in 'esci' /ɕ:/
û si pronuncia come 'iu' in 'fiuto' /ju/
z si pronuncia come 's' in 'rosa' /z/
ž si pronuncia come 's' in 'pleasure' /ʐ/

Sommario

Memorie dal sottosuolo

Parte I - Sottosuolo

I

Sono una persona malata... Sono una persona cattiva. Poco attraente come persona. Credo che mi faccia male il fegato. Peraltro, non so un tubo della mia malattia e non so di preciso cosa mi faccia male. Non mi curo e non mi sono mai curato, anche se ho stima per medicina e dottori. Perdipiù, sono anche superstizioso all'estremo; beh, almeno quanto basta per avere stima per la medicina. (Ho studiato tanto da non essere superstizioso, ma sono superstizioso lo stesso.) È per cattiveria che non voglio farmi curare, nossignori. Questo, mi sa, non vi degnerete di capirlo. Beh, signori, lo capisco io. Io, certo, non sono in grado di spiegarvi in questo caso con chi ce l'ho di preciso con la mia cattiveria; so benissimo che non farsi curare dai medici non serve a "smerdarli"; so meglio di chiunque altro che così faccio del male unicamente a me stesso e a nessun altro. Ma comunque, se non mi faccio curare, è solo per cattiveria. Mi fa male il fegato? bene, che mi faccia ancora più male!
Vivo così da molto tempo – una ventina d'anni. Adesso ho quarant'anni. Prima ero impiegato, ma

ora non sono impiegato. Ero un funzionario cattivo. Ero sgarbato e ci provavo gusto. Dopotutto bustarelle non ne prendevo, in qualche modo dovevo ben rifarmi. (Brutta battuta ma non la cancello. L'ho scritta pensando che facesse molto ridere; e ora che mi accorgo da solo che volevo solo orrendamente spandere – non la cancello apposta!) Quando venivano alla mia scrivania, magari, persone che volevano informazioni – digrignavo loro i denti e provavo un implacabile piacere se riuscivo a farle soffrire. Ci riuscivo quasi sempre. Perlopiù era gente intimidita: si sa – richiedenti. Ma tra i bellimbusti, non potevo soffrire soprattutto un ufficiale. Non voleva proprio cedere e faceva tintinnare la sciabola che era uno schifo. Gli ho fatto la guerra per un anno e mezzo per questa sciabola. Alla fine l'ho battuto. Ha smesso di farla tintinnare. Questo comunque ancora quand'ero giovane. Ma sapete, signori, qual era il bello della mia cattiveria? E qui stava il trucco, qui stava lo schifo, che in ogni momento, anche nel momento della bile più forte, ero vergognosamente consapevole che non solo non ero cattivo, ma nemmeno incattivito, che spaventavo semplicemente i passeri così per divertimento. Ho la schiuma alla bocca, ma datemi una bambola, del tè zuccherato, che io, di solito, mi tranquillizzo. Sarò commosso fin dentro all'anima, anche se poi magari digrigno i denti a me stesso e per mesi dalla vergogna soffro d'insonnia. Sono fatto così.

Prima ho mentito su di me, quando ho detto che ero un impiegato cattivo. Ho mentito per cattiveria. Sia con i richiedenti sia con l'ufficiale scherzavo e basta, ma non riuscivo mai a essere cattivo davvero. In ogni momento avevo coscienza dei molti moltissimi elementi che ci si contrapponevano. Sentivo come se brulicassero in me, questi elementi che ci si contrapponevano. Sapevo che mi brulicavano dentro da tutta la vita e mi chiedevano di uscire, ma non li lasciavo, non li lasciavo, apposta non li lasciavo uscire. Mi tormentavano fino a farmi vergognare; mi facevano venire le convulsioni e – alla fine mi hanno stufato, quanto mi hanno stufato! Non vi sembra, signori, che ora io in qualche modo davanti a voi mi penta, che vi chieda perdono per qualcosa?.. Sono sicuro che vi sembra così... Ma comunque, vi assicuro, per me è lo stesso, se anche vi sembra...

Non solo sono cattivo, ma non sono nemmeno riuscito a diventare nulla: né cattivo, né buono, né furfante, né onesto, né eroe, né insetto. Ora vivo nel mio angolo, consolandomi con l'illusione cattiva e del tutto inutile che una persona intelligente non può diventare sul serio qualcosa, diventa qualcosa solo un cretino. Sissignore, una persona intelligente dell'Ottocento ha l'obbligo morale e il dovere di essere una creatura essenzialmente priva di carattere; una persona di carattere, un attivista – è una creatura limitata per antonomasia. Questa è la mia convinzione quarantennale. Ora ho quarant'anni, e quindi quarant'anni è tutta la mia vita; quindi questa è la vecchiaia più profonda. Vivere oltre i quarant'anni è indecente, volgare, immorale! Chi vive più di quarant'anni? – rispondete sinceramente, onestamente. Ve lo dico io chi vive di più: i cretini e le canaglie. A tutti i vecchi lo dirò in faccia, a tutti questi venerabili vecchi, a tutti questi vecchi argentei e profumati! Lo dirò in faccia a tutto il mondo! Io ho il diritto di dirlo, perché io vivrò fino a sessant'anni. Vivrò fino a settant'anni! Vivrò fino a ottant'anni!.. Aspettate! Lasciatemi tirare il fiato...

Penserete senz'altro, signori, che io voglia farvi ridere? Vi siete sbagliati anche in questo. Io non sono una persona così allegra come vi sembra o come, forse, vi sembra; comunque se a voi, seccati di tutte queste chiacchiere (e lo sento già che siete seccati), verrà in mente di chiedermi: chi sono io di preciso? – vi risponderò: sono assessore di collegio. Facevo l'impiegato per avere qualcosa da mangiare (ma solo per questo), e quando l'anno scorso uno dei miei parenti lontani mi ha lasciato seimila rubli in un testamento spirituale, mi sono subito messo a riposo e mi sono stabilito nel mio angolo. Vivevo anche prima in quest'angolo, ma ora mi sono sistemato in quest'angolo. La mia stanza è brutta, schifosa, ai margini della città. La mia cameriera è una baba di campagna, vecchia, cattiva da tanto che è stupida, e perdipiù puzza sempre. Mi dicono che il clima pietroburghese sta diventando dannoso per me e che con i miei mezzi insignificanti è molto costoso vivere a Pietroburgo. Tutto questo lo so, lo so meglio di tutti questi consiglieri esperti e annuitori[1]. Ma io resto a Pietroburgo; non me ne vado da Pietroburgo! Non me ne vado perché... Bah! ma poi è perfettamente la stessa cosa – se me ne vado o no.

---

[1] La parola покиватель, inventata per l'occasione da Dostoevskij, deriva dalla parola di basso registro киватель, persona che annuisce con la testa, strizza l'occhio o fa in segreto segni a qualcuno.

E comunque: di cosa può parlare una persona
perbene con il massimo piacere?
La risposta è: di sé.
Quindi parlerò di me.

II

Ora ho voglia di raccontarvi, signori, desideriate
o non desideriate sentirlo, perché non sono
nemmeno riuscito a diventare un insetto. Vi dirò
solennemente che molte volte ho voluto
diventare un insetto. Ma nemmeno questo mi
sono meritato. Vi giuro, signori, che essere
troppo coscienti è una malattia, una malattia vera
e propria. Per la vita quotidiana umana sarebbe
più che sufficiente la coscienza umana ordinaria,
cioè, la metà, un quarto in meno della porzione
che va in dotazione alla persona evoluta del
nostro sventurato Ottocento che, perdipiù, ha la
sfortuna speciale di vivere a Pietroburgo, la città
più astratta e intenzionale dell'intero globo
terrestre. (Le città possono essere intenzionali o
non intenzionali.) Sarebbe del tutto sufficiente,
per esempio, una coscienza come quella di tutte
le cosiddette persone dirette e degli attivisti.
Scommetto che penserete che sto scrivendo tutto
questo per fare il dipiù, per fare lo spiritoso sui
dettagli, e che perdipiù per colmo di cattivo gusto
faccio tintinnare la sciabola come il mio ufficiale.
Ma, signori, chi mai può vantarsi delle proprie
malattie, e addirittura usarle per fare il dipiù?
Ma cosa sto dicendo? – tutti, lo fanno; vantarsi
delle malattie, e io, magari, più di tutti. Non
discutiamone; la mia obiezione è assurda. Ma
tuttavia sono fermamente convinto che non solo
avere moltissima coscienza, ma anche avere

qualsiasi quantità di coscienza sia una malattia. Insisto su quello. Lasciamo anche questo per un momento. Ditemi invece questo: perché è successo che, nemmeno a farlo apposta, proprio in quei momenti, sì, proprio in quelli in cui sono più in grado di essere cosciente di tutte le sottigliezze "di tutto il bello e il sublime"[2], come si diceva una volta, mi è capitato di non essere più cosciente, ma di fare azioni così sgradevoli, che... beh, sì, in una parola, che, anche se tutti, forse, le fanno, però, nemmeno a farlo apposta, mi sono venute in mente proprio quando ero più cosciente che non bisognerebbe farle proprio? Più ero cosciente del bene e di tutto questo "bello e sublime", più a fondo sprofondavo nel mio fango e più ero in grado di rimanerci del tutto impantanato. Ma il tratto principale era che tutto questo in apparenza non mi è successo per caso, ma in apparenza era proprio necessario che fosse così. In apparenza era la mia condizione più normale, e non affatto una malattia o una corruzione, così che, alla fine, mi è passata anche la voglia di lottare contro questa corruzione. È finita che per poco non ho creduto (o forse ho proprio creduto) che questa, probabilmente, fosse la mia condizione normale. E prima invece, all'inizio invece, quanti supplizi ho sopportato in questa lotta! Non credevo che succedesse anche agli altri, e quindi per tutta la vita ho tenuto nascosto questo dentro di me come un segreto. Mi vergognavo (anche adesso, forse, mi vergogno); sono arrivato al punto che provavo una misteriosa, anormale, vigliacca soddisfazioncella a tornare, magari, durante

---

[2] Eco ironica da Kant (1764).

l'ennesima notte brava pietroburghese al mio angolo e avere la coscienza acuta che anche oggi ho fatto di nuovo cose brutte, che le cose fatte non possono in nessun modo essere annullate, e interiormente, misteriosamente, rodermi, rodere me stesso per questo coi denti, rimproverarmi e succhiare me stesso fino al punto che l'amarezza si trasformava finalmente in una vergognosa, maledetta dolcezza e finalmente – in un piacere decisivo, serio! Sì, in un piacere, in un piacere! Insisto su quello. È per quello che ho detto che ho sempre voglia di sapere per certo: gli altri hanno piaceri del genere? Vi spiego: il piacere qui è venuto proprio dalla coscienza troppo vivida della mia umiliazione; dal fatto che senti proprio di aver raggiunto l'ultimo muro; che questo è orribile, ma non è possibile che sia altrimenti; che ormai non hai più via d'uscita, che ormai non diventerai mai una persona diversa; che anche se ci fosse ancora tempo e fede per trasformarsi in qualcos'altro, probabilmente tu stesso non vorresti essere trasformato; ma se avessi voluto, nemmeno qui avresti fatto nulla, perché in realtà, forse, non ci sarebbe nulla in cui trasformarsi. E la cosa principale e la conclusione della conclusione è che tutto questo accade secondo le leggi normali e basilari della coscienza aumentata e per l'inerzia che deriva direttamente da queste leggi, e di conseguenza, qui non solo non si può trasformare, ma semplicemente non c'è niente da fare. Ne discende, per esempio, una conseguenza della coscienza aumentata: fa bene il mascalzone, se in apparenza il mascalzone si consola quando si rende conto di essere davvero un mascalzone. Ma basta... Puah, ho straparlato, ma cosa ho spiegato?.. Come si spiega il piacere qui? Ma mi spiego io! Io vado fino in fondo! Io per questo ho preso in mano la penna...

Io, per esempio, sono terribilmente pieno d'amor proprio. Sono ipocondriaco e permaloso, come un gobbo o un nano, ma, in realtà, ho avuto momenti tali che, se fosse accaduto che mi dessero uno schiaffo, forse ne sarei stato persino contento. Dico sul serio: probabilmente sarei riuscito a trovare anche qui una sorta di piacere, s'intende, piacere della disperazione, ma è proprio nella disperazione che ci sono i piaceri più ardenti, soprattutto quando si è molto consapevoli che la situazione è senza vie d'uscita. E qui, con uno schiaffo in faccia – sì, allora ti opprime la coscienza della pappina in cui ti hanno ridotto. E la cosa principale, comunque la giri, è che viene comunque fuori che io per primo mi sento in colpa di tutto e, ciò che è più offensivo, mi sento in colpa senza colpa e, per così dire, secondo le leggi di natura. Perché, prima di tutto, è colpa mia se sono più intelligente di tutti quelli che mi stanno intorno. (Mi sono sempre considerato più intelligente di tutti quelli che mi stanno intorno, e certe volte, credeteci o no, di questo mi sono persino vergognato. Perlomeno, per tutta la vita ho guardato un po' di lato e non sono mai stato capace di guardare le persone dritte negli occhi.) In colpa, infine, perché se ci fosse magnanimità in me, il supplizio per me sarebbe ancora maggiore per la coscienza di tutta la sua inutilità. Io vedete, probabilmente, non saprei cosa farmene della mia generosità: né perdonare, perché il colpevole, magari, può avermi picchiato secondo le leggi di natura, ma le leggi di natura non sono perdonabili; né passarci sopra, perché va beh le leggi della natura, ma comunque sono offeso. Infine, se anche io volessi essere del tutto ingeneroso, e al contrario, volessi vendicarmi del colpevole, non sarei in grado di vendicare un bel niente, perché, probabilmente, non mi deciderei a fare nulla, se anche io potessi. Perché non mi deciderei? Su questo vorrei dire due parole a parte.

III

Perché le persone che sanno vendicarsi e in generale difendere sé stesse, – per esempio, come si fa? Vedete, loro sono presi, supponiamo, da un sentimento di vendetta, e così ormai non rimane nient'altro nel loro essere in questo momento, se non questo sentimento. Un signore del genere va subito al bersaglio, come un toro indemoniato[3], con le corna puntate verso il basso, e al massimo solo il muro può fermarlo. (A proposito: di fronte al muro i signori del genere, cioè, le persone dirette e gli attivisti, sinceramente dichiarano «passo». Per loro il muro non è un ostacolo, come per esempio per noi, persone pensanti, e di conseguenza nullafacenti; non un pretesto per uscire di strada, un pretesto a cui i nostri simili di solito non credono, ma di cui sono sempre molto felici. No, loro dichiarano «passo» in tutta sincerità. Il muro ha per loro un che di tranquillizzante, moralmente permissivo e definitivo, forse anche un che di mistico... Ma sul

---

[3] Qui e in altri 16 casi la parola russa ha la stessa radice di *besy*, che diventerà sette anni dopo il titolo *I demoni*. Per far capire questo rimando intertestuale al lettore italiano mi sono sforzato di tradurre sempre con parole italiane con la stessa radice di «demone».

muro dopo.) Beh signori, ecco questa persona diretta è quella che considero una persona reale, normale, come voleva vederla la tenera madre natura stessa, gentilmente generandola sulla terra. Una persona del genere la invidio con la massima bile. È stupida, su questo non discuto con voi, ma forse una persona normale deve appunto essere stupida, sapete perché? Forse è addirittura molto bello. E sono tanto più convinto del mio, per così dire, sospetto cattivo che se, per esempio, prendiamo l'antitesi di una persona normale, ossia una persona acutamente cosciente, che è uscita, naturalmente, non dal seno della natura, ma da un distillatore (questo è già quasi misticismo, signori, ma io sospetto anche questo), allora quest'uomo distillato a volte dichiara «passo» davanti alla sua antitesi al punto che coscienziosamente considera sé stesso, con la sua coscienza aumentata, un topo, e non una persona. Poniamo anche che sia un topo dalla coscienza aumentata, ma è pur sempre un topo, mentre qui c'è una persona, e di conseguenza... e così via. E, soprattutto, è lui stesso, lui a considerarsi un topo; nessuno glielo chiede; e questo è un punto importante. Diamo ora un'occhiata a questo topo in azione. Supponiamo, per esempio, che sia anche offeso (e lui è quasi sempre offeso) e desideri pure vendicarsi. Di cattiveria in lui, forse, se ne accumula ancora di più che nell'*homme de la nature et de la verité*[4]. La schifosa, bassa vogliuzza di restituire all'offensore lo stesso male, forse, rosicchia ancora più schifosa in lui che nell'homme de la nature et de la verite, perché

---

[4] Definizione della personalità di Rousseau.

l'*homme de la nature et de la verité*, per la sua innata
stupidità, considera la sua vendetta
semplicemente giustizia; mentre il topo, a causa
della coscienza aumentata, nega che ci sia
giustizia. Giunge finalmente al punto di farlo,
all'atto stesso di vendetta. L'infelice topo a parte
la cattiveria primordiale è già riuscito a limitare
intorno a sé, sotto forma di domande e dubbi,
tante altre cattiverie; a una questione ha
ricondotto così tante questioni irrisolte che
involontariamente intorno a lui si è formata una
brodaglia fatale, una sporcizia puzzolente,
costituita dai suoi dubbi, dalle sue agitazioni e,
infine, dagli sputi sputatigli addosso dagli attivisti
diretti, che incombono solenni intorno sotto
forma di giudici e dittatori che ridono di lui a
piena gola. S'intende, lui deve scacciare il
pensiero con la zampina e con un sorriso di
ostentato disprezzo, a cui lui stesso non crede,
scivolare vergognoso nella sua fessura. Lì, nel suo
disgustoso, puzzolente sottosuolo, il nostro topo
offeso, picchiato e ridicolizzato s'immerge
immediatamente nella cattiveria fredda, velenosa
e, soprattutto, secolare. Per quarant'anni di fila
ricorderà fino agli ultimi, più vergognosi dettagli
la propria offesa e così facendo ogni volta
aggiungerà da parte sua dettagli ancora più
vergognosi, prendendo con cattiveria in giro e
indispettendo sé stesso nella propria
immaginazione. Si vergognerà lui per primo della
propria immaginazione, ma tuttavia rimuginerà
tutto, esaminerà tutto, si inventerà cose
inverosimili, con il pretesto che anche quello
sarebbe potuto accadere, e non perdonerà nulla.
Forse, comincerà anche a vendicarsi, ma in
qualche modo a strattoni, per sciocchezze, da

dietro la stufa, in incognito, senza credere né al proprio diritto di vendicarsi, né al successo della propria vendetta e sapendo in anticipo che per tutti i suoi tentativi di vendicarsi soffrirà lui stesso cento volte di più di quello su cui si sta vendicando, mentre quello, magari, non si graffierà nemmeno. Sul letto di morte di nuovo passerà in rassegna tutto, con gli interessi accumulati nel frattempo e... Ma proprio in questa fredda, disgustosa mezza disperazione, mezza fede, in questa sepoltura cosciente di sé stesso vivo nel dolore, nel sottosuolo per quarant'anni, in questa situazione senza vie d'uscita creata con costanza e tuttavia ancora in parte dubbia, in tutto questo veleno di desideri insoddisfatti, entrati dentro, in tutta questa febbre di esitazioni, di decisioni prese per sempre e di pentimenti giunti dopo un minuto – si racchiude il succo di quella tremenda soddisfazione di cui parlavo. È così sottile, si sottomette talmente poco alla coscienza, che le persone un po' limitate o anche solo le persone coi nervi saldi non ci capiranno nulla. «Forse non capiranno nemmeno» aggiungete voi da parte vostra con un ghigno «quelli che non hanno mai ricevuto uno schiaffo» – e in questo modo alluderete cortesemente a me, al fatto che io nella mia vita, magari, ho pure subìto uno schiaffo, e quindi parlo da intenditore. Scommetto che lo state pensando. Ma tranquillizzatevi, signori, non ho ricevuto schiaffi, per quanto mi sia del tutto indifferente quello che pensate. Io, forse, mi dispiaccio ancora di aver dato troppo pochi schiaffi nella mia vita. Ma basta, non una parola di più su questo argomento estremamente interessante per voi.

Proseguo tranquillamente sulle persone coi nervi saldi, che non capiscono la famosa sottigliezza dei piaceri. Questi signori in certi casi, per esempio, anche se ruggiscono come tori, a tutta gola, anche se questo, supponiamo, porta loro il più grande onore, però, come ho già detto, davanti all'impossibilità si pacificano subito. Impossibilità – significa muro di pietra? Quale muro di pietra? Beh, ovviamente le leggi di natura, i risultati delle scienze naturali, la matematica. E se ti dimostreranno, per esempio, che discendi da una scimmia[5], non c'è nulla da aggrottare le sopracciglia, prendilo per quello che è. E se ti dimostreranno che, in sostanza, una gocciolina del tuo grasso dovrebbe esserti più cara di centomila tuoi simili e che in questo risultato si risolveranno alla fine tutte le cosiddette virtù e doveri e altri deliri e pregiudizi, accetta, non c'è niente da fare, perché due più due è matematica. Prova a ribattere.

«Perdonate» vi grideranno «non c'è nulla da ribellarsi: è come due più due fa quattro! La natura non vi fa domande; non gliene importa dei vostri desideri, né se vi piacciono le sue leggi oppure non vi piacciono. Siete obbligati a prenderla per quello che è, e di conseguenza, anche tutti i suoi risultati. Un muro, quindi, è un muro... ecc., ecc.» Signore Dio mio, ma a me cosa me ne importa delle leggi di natura e dell'aritmetica, dal momento che per qualche motivo a me queste leggi e due più due fa quattro

---

[5] L'interesse per l'origine delle specie all'inizio del 1864 si era acutizzato per l'uscita di *Man's Place in Nature* del darwiniano Thomas Henry Huxley in traduzione russa.

non piacciono? S'intende, non sfondo questo muro con la fronte, se davvero non ho la forza di sfondarlo, ma non lo accetto solo perché ho un muro di pietra e non ho avuto la forza.

In apparenza questo muro di pietra è davvero una tranquillità e davvero contiene in sé almeno qualche parola per la pace, solo perché due più due fa quattro. Oh *absurditas absurditatum*! Tutt'altra cosa è capire tutto, essere coscienti di tutto, di tutte le impossibilità e i muri di pietra; non darsi pace di nessuna di queste impossibilità e muri di pietra, se vi fa schifo darvi pace; raggiungere, attraverso le combinazioni logiche più inevitabili, le conclusioni più disgustose sul tema eterno che anche nel muro di pietra la colpa un po' è anche propria, anche se è ancora evidentemente chiaro che non c'è nessuna colpa, e in conseguenza di questo, silenziosamente e digrignando i denti con impotenza, baloccarsi voluttuosamente nell'inerzia, sognando che, anche arrabbiandosi, non si saprebbe con chi; che non c'è alcun oggetto, o magari mai ci sarà, come se ci fosse una sostituzione, una frode, un imbroglio, che c'è solo una brodaglia – non si sa cosa e non si sa chi, ma, nonostante tutte queste incognite e frodi, vi fa comunque male, e meno sapete, più vi fa male!

<h2 style="text-align:center">IV</h2>

«Ha-ha-ha! Ma dopo questo persino nel mal di denti troverete piacere!» urlerete ridendo.

«E allora? anche nel mal di denti c'è piacere» risponderò. «Mi hanno fatto male i denti per un mese; so di cosa si tratta». Qui, ovviamente, non si arrabbiano in silenzio, ma gemono; però questi non sono gemiti sinceri, sono gemiti di malizia, è tutta questione di malizia. Proprio in questi gemiti si esprime il piacere del sofferente; se non ci provasse piacere – non starebbe nemmeno a gemere. È un buon esempio, signori, e lo svilupperò. In questi gemiti si esprime, in primo luogo, tutta l'assenza di scopo – umiliante per la nostra coscienza – del vostro dolore; tutta la legittimità della natura, della quale voi, naturalmente, ve ne fregate, ma di cui comunque soffrite, mentre lei no. Si esprime la coscienza che di nemici non ne trovate, ma il dolore c'è; la coscienza che voi, con tutti i Wagenheim[6] possibili, siete del tutto schiavi dei vostri denti; che se qualcuno lo vorrà, i denti smetteranno di farvi male, mentre se non vorrà, vi faranno male altri tre mesi; e che, infine, se ancora non siete d'accordo e ancora protestate, vi resta per la vostra consolazione solo da frustarvi o picchiare più dolorosamente il pugno contro il muro, e decisamente nulla di più. Ebbene, signori, è proprio da queste offese a sangue, proprio da queste derisioni, non si sa da parte di chi, che viene finalmente il piacere, che giunge a volte alla più alta voluttà. Vi prego, signori, un giorno ascoltate i gemiti di un uomo cólto dell'Ottocento, che soffre per i denti, questo il secondo o terzo giorno di dolore, quando comincia a non gemere tanto quanto gemeva il primo giorno, cioè non solo perché gli fanno male i denti; non come un rozzo mužìk, ma come geme una persona toccata dallo sviluppo e dalla civiltà europea, come una persona che «ha

---

⁶ Nel 1864 a Pietroburgo c'erano ben otto dentisti di nome Wagenheim, molto reclamizzati per la città.

perso di vista la terra e i princìpi popolari», come si dice ora[7]. I suoi gemiti diventano un po' malvagi, schifosamente cattivi, e continuano tutto il giorno e la notte. E lui stesso sa che gemendo non porterà alcun beneficio a sé stesso; meglio di tutti sa che solo invano tormenta e infastidisce sé stesso e gli altri; sa che anche il pubblico davanti al quale si sta sforzando, e tutta la sua famiglia ormai lo ascoltano con disgusto, non gli credono per nulla e capiscono benissimo che potrebbe gemere in un altro modo, più semplicemente, senza *roulade* e senza colpi di scena, e che fa i capricci così solo per cattiveria, per malizia. È proprio in questa coscienza e vergogna che consiste la voluttà. «Ebbene, vi sto inquietando, vi sto stracciando il cuore, non sto lasciando dormire nessuno in casa. Così non dormite, sentite anche voi in ogni momento che mi fanno male i denti. Per voi non sono più l'eroe che volevo sembrare prima, sono solo un uomo perfido, uno *chenapan*[8]. Beh, proprio così! Sono molto contento che mi abbiate capito. Vi fa schifo ascoltare i miei vili lamenti? Che vi faccia schifo; ora vi farò una *roulade* ancora più schifosa... » Non lo capite nemmeno adesso, signori? No, evidentemente bisogna evolversi e prendere coscienza in profondità, per capire tutti i colpi di scena di questa voluttà! State ridendo? Ne sono molto felice, signori. Le mie battute, signori, naturalmente, sono di cattivo gusto, brutte, incoerenti, intrise di sfiducia in sé stessi. Ma è perché non ho stima in me stesso. Una

---

[7] Il virgolettato è tipico degli articoli delle riviste su cui scriveva Dostoevskij stesso, è quasi un'autocitazione.
[8] Bandito, in francese.

persona dotata di coscienza può forse avere stima in sé stessa?

<h2 style="text-align:center">V</h2>

Ma come è possibile, come è possibile che abbia anche solo tanto così di stima per sé stessa una persona che perfino nel sentimento stesso della propria umiliazione ha provato a cercare piacere? Non è per stucchevole pentimento che parlo così adesso. E in realtà non potevo sopportare di dire: «Scusate, papà, non lo faccio più», non perché non sia capace di dirlo, ma al contrario, forse, proprio perché ero troppo capace di farlo, eccome. Nemmeno a farlo apposta mi succedeva, magari, quando non ne avevo nessunissima colpa. Era ancora più ripugnante. In queste occasioni di nuovo mi commuovevo con l'anima, mi pentivo, versavo lacrime e, naturalmente, tenevo il broncio, benché non facessi affatto finta. Il cuore già in qualche modo faceva schifo... Nemmeno alle leggi di natura si poteva dare la colpa, sebbene le leggi della natura mi avessero offeso costantemente e più di tutto per tutta la vita. Fa schifo ricordare tutto questo, e anche allora faceva schifo. Però dopo un minuto sto già pensando con cattiveria, magari, che tutto questo è una menzogna, menzogna, ripugnante menzogna posticcia, cioè tutti questi pentimenti, tutte queste tenerezze, tutti questi voti di rinascita. E chiedetemi, perché mi contorcevo e mi tormentavo in quel modo? Risposta: perché era noioso stare seduti con le mani conserte; così mi sono dato ai colpi di scena. Esatto, così. Ma è meglio che guardiate voi stessi, signori, così capirete che è vero. Mi sono inventato le avventure e la mia vita per sopravvivere alla meno peggio. Quante volte mi è capitato – beh, per esempio, di offendermi, così, senza motivo, apposta; e lo sapevo bene io stesso, magari, che non c'era nulla da offendersi, me lo sono costruito addosso, ma arrivo al punto che, verso la fine, sul serio, mi offendo davvero. Sono stato attratto per tutta la vita dal mettere su queste cose, al punto che finisco per non averle più sotto controllo. Una volta ho voluto innamorarmi a forza, anzi due volte. Vi assicuro, signori, che ho sofferto. È difficile credere che sto soffrendo nel profondo della mia anima, sembra una presa in giro, epperò soffro, e perdipiù in modo reale, sul serio; sono geloso, sono fuori di me... E tutto per la noia, signori, tutto per la noia; mi opprimeva l'inerzia. Sì perché il frutto diretto, legittimo, immediato della coscienza è l'inerzia, ossia un cosciente starsene con le mani in mano. L'ho ricordato prima. Ripeto, ripeto con forza: tutte le persone dirette e gli attivisti sono attivisti proprio perché sono stupidi e limitati. Come lo si spiega? Ecco come: in virtù della loro limitatezza, prendono le ragioni più immediate e secondarie per primarie, quindi si convincono più prontamente e con maggiore facilità degli altri di avere trovato la base indiscutibile del proprio operato, e si tranquillizzano; ed evidentemente questa è la cosa che conta. Evidentemente per passare all'atto occorre essere preventivamente del tutto tranquilli, e che non resti nessun dubbio. Ebbene, e io per esempio come faccio a tranquillizzarmi? Dove trovo le ragioni primarie su cui mi appoggio, dove trovo i fondamenti? Da dove li prendo? Mi esercito nel pensiero, e di conseguenza, ogni mia ragione primaria se ne trascina dietro subito un'altra, ancora più primaria, e così via all'infinito. È proprio questa l'essenza di qualsiasi coscienza e pensiero. Ecco qui di nuovo, a quanto pare, le leggi di natura. Di conseguenza alla fine cosa si ottiene? Ma la stessa cosa. Ricordate: prima parlavo di vendetta. (Voi, mi sa, non avete approfondito la cosa.) È scritto: l'uomo si vendica perché in questo trova giustizia. Quindi, la ragione primaria l'ha trovata, il fondamento l'ha trovato, ossia: la giustizia. Pertanto, è tranquillo da tutte le parti e, di conseguenza, si vendica con tranquillità e con successo, essendo convinto di fare una cosa onesta ed equa. Ma evidentemente io di equità non ce ne vedo, di virtù pure non ne trovo alcuna, e di conseguenza, se mi vendico, è solo per cattiveria. La cattiveria, naturalmente, potrebbe essere più potente di tutto, di tutti i miei dubbi, e, quindi, potrebbe con molto successo agire al posto della ragione primaria proprio perché non è una ragione. Ma cosa posso farci se di cattiveria non ne ho (prima sono partito proprio da questo). La mia cattiveria è, di nuovo, soggetta a decomposizione chimica a causa di queste maledette leggi di coscienza. Tu guardi – l'oggetto si volatilizza, le ragioni evaporano, il colpevole non si trova, l'offesa diventa non un'offesa, ma *fatum*, qualcosa come un mal di denti di cui nessuno è colpevole, e di conseguenza rimane di nuovo quella stessa via d'uscita – cioè, prendere a pugni il muro in modo più doloroso. Tu scacci il pensiero con la mano, perché non hai trovato la ragione primaria. Ma prova a lasciarti trasportare dal tuo sentimento alla cieca, senza ragionamenti, senza ragione primaria, allontanando la coscienza almeno per questo tempo; odia o ama, per non stare con le mani in mano. Dopodomani, a dir tanto, inizierai a disprezzarti per avere imbrogliato te stesso fin dal principio. Di conseguenza: una bolla di sapone, e inerzia. Oh signori, evidentemente io, forse, mi considero una persona intelligente unicamente perché per tutta la vita non sono riuscito né a cominciare né a finire nulla. E va bene, e va bene, sono un chiacchierone, un innocuo, fastidioso chiacchierone, come tutti noi. Ma cosa ci posso fare, se la missione diretta e unica di qualsiasi persona intelligente è la chiacchiera, cioè il deliberato riversare dal vuoto al nulla.

VI

Oh, se unicamente per pigrizia non facessi nulla. Dio, quanta stima avrei allora per me stesso. Mi stimerei proprio perché in me se non altro la pigrizia sarei in condizione di vivermela; almeno una proprietà sarebbe, come, positiva in me, io stesso ci potrei contare. Domanda: chi è? Risposta: un pigrone; ma sarebbe piacevolissimo sentir parlare di me. Quindi, definito positivamente, quindi, c'è qualcosa da dire su di me. «Pigrone!» – ma è un nome e una designazione, è una carriera, signori. Non scherzate, è così. Sono quindi di diritto socio del club più prestigioso e mi occupo unicamente di avere di continuo stima per me stesso. Conoscevo un signore che per tutta la vita andava orgoglioso di sapere tutto sul Lafitte. La considerava una virtù positiva e non dubitò mai di sé stesso. Morì con la coscienza non solo tranquilla, ma trionfante, e aveva assolutamente ragione. E poi mi sceglierei una carriera: sarei una persona pigra e un ghiottone, non però semplice, ma, ad esempio, simpatizzante per tutto ciò che è bello e sublime. Come vi sembra? È una fantasia che ho fatto molto tempo fa. Questo "bello e sublime" ora sulla quarantina mi sta un po' stretto; ma a quarant'anni, mentre allora – oh, allora sarebbe stato diverso! Mi sarei trovato subito un'attività appropriata – vale a dire: bere alla salute di tutto il bello e il sublime. Avrei trovato cavilli in ogni occasione, per prima versare una lacrimuccia nel mio bicchiere, e poi berlo per tutto ciò che è bello e sublime. Avrei trasformato tutto al mondo allora nel bello e sublime; nella spazzatura più schifosa e indiscussa avrei trovato il bello e sublime. Sarei stato lacrimoso come una spugna bagnata. Un pittore, per esempio, ha dipinto un quadro di Ge[9]. Subito bevo alla salute del pittore che ha dipinto il quadro di Ge, perché amo tutto ciò che è bello e sublime. Un autore ha scritto «come piace a qualcuno»; bevo subito alla salute di «qualcuno» perché amo tutto «ciò che è bello e sublime». Pretendo rispetto per me stesso per questo, perseguo chi non mi mostra rispetto. Vivo tranquillo, muoio solennemente, – ma è una delizia, una vera delizia! E poi mi sarei fatto crescere una tale pancia, mi sarei fatto venire un

---

[9] Polemica contro Saltykov-Šedrin, che aveva recensito positivamente il quadro di Ge (1831-1894) «Ultima cena» (1863) in cui secondo Dostoevskij c'erano indebite contaminazioni di storico e attuale.

triplo mento tale, mi sarei fatto venire un naso da ubriaco tale che ogni astante avrebbe detto, guardandomi: «Ma che *plus*! ma che cosa davvero positiva!» Voi dite quello che volete, ma è piacevolissimo sentire commenti simili nel nostro secolo negativo, signori.

<h2 style="text-align:center">VII</h2>

Ma tutti questi sono sogni d'oro. Oh, ditemi chi l'ha annunciato per primo, chi ha proclamato per primo che solo la persona che non conosca i suoi veri interessi fa brutti scherzi; e che a illuminarla, ad aprirle gli occhi ai suoi veri, normali interessi, la persona cesserebbe immediatamente di fare brutti scherzi, diventerebbe subito buona e nobile, perché, essendo illuminata e comprendendo i propri vantaggi reali, vedrebbe appunto il proprio vantaggio nel bene, ed è noto che nessuna persona può agire consapevolmente contro i propri vantaggi, di conseguenza, per necessità farebbe del bene? Oh bambino! oh puro, innocente bambino! ma quando, prima di tutto, è successo, in tutti questi millenni, che una persona agisse solo per proprio vantaggio personale? Cosa fare allora dei milioni di fatti che testimoniano come le persone *consapevolmente*, cioè comprendendo pienamente i propri vantaggi reali, li hanno messi in secondo piano e si sono precipitati sull'altra strada, verso il rischio, verso la speranza, senza che nessuno e nulla li costringesse a farlo, ma come se non volessero la strada indicata, e ostinatamente, cocciutamente ne hanno tracciata un'altra, difficile, assurda, cercandola quasi al buio. Evidentemente, quindi, per loro davvero questa testardaggine e volontà era più piacevole di qualsiasi vantaggio... Vantaggio! Che cos'è il vantaggio? E vi prendete la briga di determinare del tutto esattamente in cosa consista il vantaggio umano? E se accadesse che il vantaggio umano *certe volte* non solo può, ma in certi casi addirittura deve, consistere nell'augurarsi il male e non ciò che è vantaggioso? E se è così, se solo questo caso può darsi, tutta la regola va in polvere. Cosa pensate, un caso del genere càpita? Voi ridete; ridete, signori, ma rispondete però: sono stati calcolati bene i vantaggi dell'uomo? Ce ne sono che non solo non rientrano, ma non possono rientrare in nessuna classificazione? Evidentemente, signori, per quanto ne so, avete ricavato l'intera tassonomia dei vantaggi umani dalla media delle statistiche e da formule scientifico-economiche. Evidentemente i vostri vantaggi sono la prosperità, la ricchezza, la libertà, la tranquillità, e così via e così via; quindi una persona che, per esempio, andasse esplicitamente e consapevolmente contro questa tassonomia, sarebbe, secondo voi, ma sì, naturalmente anche secondo me, un oscurantista o un pazzo completo, non è così? Ma ecco cosa c'è di sorprendente: come mai avviene che tutti questi statistici, uomini saggi e amanti del genere umano, nel calcolo dei vantaggi umani, tralascino costantemente un vantaggio? Anche nel suo calcolo non è preso nella forma in cui va preso, eppure da questo dipende l'intero risultato. Non sarebbe chissà che, prenderlo, questo vantaggio e metterlo nella lista. Ma quello che è deleterio è che questo ingegnoso vantaggio non rientra in nessuna classificazione, non trova posto in nessun elenco. Io, per esempio, ho un conoscente... Eh, signori! Ma evidentemente è anche conoscente vostro; di chi non è conoscente! Preparandosi al punto, questo signore vi esporrà subito, in modo eloquente e chiaro, come esattamente lui deve agire secondo le leggi della ragione e della verità. Non solo: con eccitazione e passione vi parlerà degli interessi umani reali, normali; con derisione rimprovererà gli sciocchi miopi che non capiscono né i propri vantaggi né il vero significato della virtù; e – esattamente dopo un quarto d'ora, senza alcuna ragione improvvisa, estranea, cioè per qualcosa di così interno che è più forte di tutti i suoi interessi – farà un gesto del tutto diverso, cioè andrà chiaramente contro quello che ha appena detto: e contro le leggi della ragione, e contro il vantaggio personale, beh, in una parola, contro tutto... Vi avverto che il mio amico è una persona collettiva, ed è per questo che è difficile dare la colpa a lui solo. Proprio così, signori, esiste davvero qualcosa che quasi a ogni persona è più cara dei suoi migliori vantaggi, o (per non infrangere la logica) c'è uno di questi vantaggi vantaggiosissimo (quello tralasciato di cui parlavo prima), che è più importante e più vantaggioso di tutti gli altri vantaggi e per il quale la persona, se necessario, è pronta ad andare contro tutte le leggi, ossia contro la ragione, l'onore, la tranquillità, la prosperità, – in una parola, contro tutte queste cose belle e utili, solo per raggiungere questo vantaggio primario, vantaggiosissimo, che le è più caro di tutto.

«Beh, è pur sempre un vantaggio» mi interrompete voi. Permettete, signori, ora ci spieghiamo, e poi non si tratta di un gioco di parole, ma del fatto che questo vantaggio è notevole proprio perché distrugge tutte le nostre classificazioni e scombina continuamente tutti i sistemi elaborati dagli amanti del genere umano per la felicità del genere umano. In breve, dà fastidio a tutto. Ma prima di dirvi qual è questo vantaggio, voglio compromettermi personalmente e quindi annuncio con coraggio che tutti questi bellissimi sistemi, tutte queste teorie per spiegare all'umanità i suoi interessi reali, normali in modo che questa, necessariamente sforzandosi di raggiungere questi interessi, diventi subito buona e nobile, secondo me, sono pura logica matematica! Sissignori, logica matematica! Evidentemente asserire questa teoria del rinnovamento dell'intero genere umano attraverso il sistema dei propri vantaggi, evidentemente è, a mio parere, quasi lo stesso... beh, che affermare, per esempio, sulla scia di Buckle, che grazie alla civiltà l'uomo si addolcisce, di conseguenza, diventa meno assetato di sangue e meno capace di guerra[10]. Secondo la logica, sembra davvero così. Ma una persona è talmente attaccata al sistema e all'inferenza astratta, che è disposta a distorcere deliberatamente la verità, è disposta a non vedere con la vista e a non udire con l'udito, solo per giustificare la sua logica. Prendo questo esempio proprio perché è un esempio troppo lampante. Date un'occhiata in giro: il sangue si sta versando a fiumi, e perdipiù in maniera così allegra, come champagne. Eccovi tutto il nostro Ottocento, in cui ha vissuto anche Buckle. Eccovi Napoleone —

---

[10] Nella *Storia della civiltà in Inghilterra* Buckle afferma che lo sviluppo della civiltà conduce alla cessazione delle guerre.

sia quello grandioso, sia quello attuale[11]. Eccovi il Nordamerica – un'alleanza secolare[12]. Eccovi, infine, la caricatura dello Schleswig-Holstein[13]... E dov'è che la civiltà ci raddolcisce? La civiltà elabora in una persona solo la poliedricità delle sensazioni e... decisamente nient'altro. E attraverso lo sviluppo di questa poliedricità, la persona, probabilmente, arriverà al punto che troverà piacere nel sangue. Evidentemente è già successo. Avete mai notato che i sanguinari più raffinati erano quasi sempre gentiluomini civilizzatissimi, in confronto ai quali tutti questi vari Attila e Sten'ka Razin[14] non valevano la suola delle scarpe, e se non saltano all'occhio quanto Attila e Sten'ka Razin, è proprio perché li incontriamo troppo spesso, sono troppo normali, li abbiamo già visti. Perlomeno, per colpa della civiltà la persona è diventata, se non più assetata di sangue, probabilmente peggio, più schifosamente assetata di prima. Prima vedeva nello spargimento di sangue una giustizia, e distruggeva chi doveva con la coscienza tranquilla; ora invece, anche se consideriamo lo spargimento di sangue uno schifo, lo facciamo lo stesso, e ancora più di prima. Cosa c'è di peggio? – decidetelo voi. Si dice che a Cleopatra (scusate l'esempio dalla storia romana) piacesse infilare spilli d'oro nel petto dei suoi prigionieri e che

---

[11] Napoleone I (1769-1821) e Napoleone III (1808-1873).

[12] Nel 1861-1865 era in corso la guerra di secessione.

[13] Nel 1864 era in corso una guerra tedesco-danese che si concluse con l'annessione dello Schleswig-Holstein alla Prussia.

[14] Cosacco del Don (1630-1671) che ha capeggiato una guerra contadina in Russia nel 1667-1671.

provasse piacere nelle loro grida e convulsioni. Direte che è successo in tempi, a confronto, barbari; che anche adesso sono tempi barbari, perché (sempre a confronto) anche ora si infilano spilli; che anche adesso l'uomo, sebbene a volte abbia imparato a vederci più chiaro che ai tempi dei barbari, non ha ancora imparato a fare quello che gli suggeriscono la sua mente e le scienze. Ma comunque, siete assolutamente certi che imparerà di sicuro quando passeranno alcune vecchie e brutte abitudini e quando il buonsenso e la scienza rieducheranno completamente e indirizzeranno lungo vie normali la natura umana. Siete sicuri che allora l'uomo smetterà di commettere volontariamente errori e, per così dire, di non mettere involontariamente in relazione la sua volontà con i suoi interessi normali. Non solo: allora, dite voi, la scienza stessa insegnerà all'uomo (anche se è un lusso, secondo me), che in realtà non ha né volontà né capriccio, né li ha mai avuti, e che non è nulla più che un tasto di pianoforte[15] o una puntina di organetto; e che, soprattutto, esistono ancora le leggi di natura; quindi tutto quello che fa, non è per suo volere, ma avviene di suo, secondo le leggi di natura. Di conseguenza, basterà solo scoprire queste leggi di natura, che una persona non dovrà più rispondere delle proprie azioni e vivrà con estrema facilità. Tutte le azioni umane, s'intende, saranno poi calcolate secondo queste leggi, matematicamente, come tavole logaritmiche, fino a 108.000, e segnate sul

---

[15] Diderot nel 1769 sosteneva che siamo strumenti e che i nostri sensi sono tasti suonati dalla natura che spesso suonano da soli.

calendario; o meglio ancora, appariranno alcune pubblicazioni benintenzionate, del genere degli attuali dizionari enciclopedici, in cui tutto sarà calcolato ed espresso in modo così preciso che non ci saranno più né gesta né avventure nel mondo.

Poi – siete sempre voi a parlare – arriveranno nuovi rapporti economici, anche loro già pronti e calcolati con precisione matematica, e così scomparirà all'istante ogni sorta di domanda, proprio perché otterrà ogni sorta di risposta. Allora verrà costruito il palazzo di cristallo[16]. Allora... Beh, in una parola, allora arriverà l'uccello Kagan[17]. Naturalmente, non c'è nessuna garanzia (questo lo dico io) che, per esempio, non ci sia una noia terribile (se tutto è calcolato con tabelle, cosa resta da fare?) ma in compenso sarà tutto estremamente ragionevole. Certo, per noia che cosa non ci si può inventare! Voglio dire, per noia si infilzano anche spilli d'oro, ma non ci sarebbe niente di male. È un male (anche questo lo dico io) che, magari, si finirà per essere contenti anche degli spilli d'oro. Evidentemente l'uomo è stupido, stupido in modo fenomenale. Cioè, anche se non è affatto stupido, è però ingrato al punto tale che non si riesce a trovarne un altro. Dopotutto, per esempio, non sarei affatto sorpreso se improvvisamente, senza

---

[16] Allusione polemica a *Che fare?* di Černyševskij (1863) che descrive un palazzo di ghisa e cristallo in cui, come sosteneva Fourier (1841), vivono le persone nella società socialista. Nel 1851 a Londra era stato eretto il Crystal Palace per ospitare la prima esposizione universale.

[17] Secondo la tradizione popolare, questa creatura incantata porterà la felicità alla gente.

motivo, in tutta questa ragionevolezza generale futura, un gentleman con una fisionomia ingrata o, per meglio dire, retrograda e beffarda, puntasse le mani ai fianchi e dicesse a noi tutti: signori, che ne direste di dare un calcio e ridurre in polvere tutta questa razionalità in un colpo solo, col piede, in modo che tutti questi logaritmi vadano all'inferno e che noi possiamo vivere di nuovo secondo la nostra stupida volontà? Non ci sarebbe niente di male, ma è un peccato che troverebbe certamente dei seguaci: l'uomo è fatto così. E tutto questo per il motivo più assurdo, che, a quanto pare, non vale la pena di menzionare: proprio perché all'uomo, sempre e ovunque, chiunque sia, piace agire come vuole, e non come gli comandano la mente e il vantaggio; si può anche desiderare contro il proprio vantaggio, e a volte è un dovere assoluto (questa è la mia idea). Il proprio desiderio smodato e libero, il proprio capriccio, anche il più sfrenato, la propria fantasia, eccitata a volte fino alla follia – proprio in questo sta quello stesso, trascurato, vantaggio più vantaggioso che non rientra in nessuna classificazione e per colpa del quale tutti i sistemi e le teorie vanno costantemente all'inferno. E cosa fa pensare a tutti questi saggi che una persona abbia bisogno di una sorta di desiderio normale, una sorta di desiderio virtuoso? Cos'è che li ha fatti necessariamente pensare che una persona debba necessariamente avere un desiderio ragionevolmente vantaggioso? Una persona ha bisogno solo di un desiderio indipendente, per quanto questa indipendenza costi e a qualsiasi cosa conduca. Beh e il desiderio lo sa il diavolo...

VIII

«Ha-ha-ha! ma evidentemente il desiderio, in effetti, se volete, può anche non esserci!» interrompete voi con una risata. «La scienza ha ormai fatto in tempo a dissezionare la persona a un punto tale, che ora sappiamo che il desiderio e il cosiddetto libero arbitrio non sono altro che...»

«Aspettate, signori, volevo cominciare così anch'io. Io, confesso, ero perfino spaventato. Poco fa stavo per gridare che il desiderio lo sa il diavolo da cosa dipende e che questo, forse, è una fortuna, ma poi mi è venuta in mente la scienza e... mi sono taciuto. È lì che avete cominciato a parlare voi. Evidentemente, se davvero troveranno mai la formula di tutti i nostri desideri e capricci, cioè da cosa dipendono, secondo quali leggi di preciso occorrono, come di preciso si diffondono, a cosa aspirano in quel certo e in quell'altro caso, e così via e così via, ossia una vera formula matematica, – allora evidentemente l'uomo magari smetterà subito di desiderare, e anzi, magari, smetterà di sicuro. Che desiderio vuoi che ti venga, di desiderare secondo una tabella? Non solo: subito la persona si trasformerà in una puntina di organetto o qualcosa di simile; perché cos'è una persona senza sogni, senza volontà e senza desiderio, se non una puntina in un cilindro d'organetto? Che ne pensate? Calcoliamo le probabilità – può succedere o no?»

«Mmmm...» decidete voi «i nostri desideri per la maggior parte sono sbagliati a causa della concezione sbagliata dei nostri vantaggi. Noi a volte desideriamo cose del tutto assurde proprio perché in queste cose assurde vediamo, per nostra stupidità, il modo più semplice per ottenere un supposto vantaggio. Beh, e quando tutto questo sarà stato interpretato, calcolato sulla carta (il che è possibilissimo, perché è ripugnante e insensato presupporre che l'uomo non conoscerà mai altre leggi di natura), allora, s'intende, i cosiddetti desideri non esisteranno. Evidentemente se il desiderio un giorno cospirerà compiutamente con la ragione, allora evidentemente ragioneremo e non desidereremo proprio perché evidentemente è impossibile, per esempio, conservando la ragione, desiderare cose insensate e quindi andare consapevolmente contro la ragione e desiderare qualcosa di nocivo per sé... E dal momento che tutti i desideri e i ragionamenti possono davvero essere calcolati, perché un giorno scopriranno le leggi del nostro cosiddetto libero arbitrio, allora, scherzi a parte, si potrà davvero creare qualcosa di simile a delle tabelline, così che noi desidereremo davvero in base a questa tabellina. Evidentemente se a me, per esempio, calcoleranno e dimostreranno che se io faccio il *kukiš*[18] a qualcuno, è proprio perché non ho potuto fare a meno di farglielo vedere, e che dovevo mostrargli necessariamente quel dito, che libertà mi resterà, soprattutto se sono un uomo di scienza e mi sono laureato da qualche parte? Evidentemente allora potrei calcolare tutta la mia vita per trent'anni; in una parola, se si mette in piedi questo sistema, poi non avremo nulla da fare; dovremo comunque accettarlo. E in generale, dobbiamo, senza stancarci, ripetere che

---

[18] Il kukiš è il pugno col pollice tra indice e medio, antico gesto volgare che allude al coito

necessariamente in un certo momento e in certe circostanze la natura non ci chiede il permesso; che dobbiamo accettarla per quello che è, non come la fantastichiamo, e se davvero aspiriamo alla tabellina e al calendario, beh, allora... beh, allora anche rispetto all'alambicco, che fare, è necessario accettare anche l'alambicco! altrimenti sarà lui ad accettarsi, senza di noi...»
«Sissignori, ma è proprio questo il punto! Signori, vogliate scusarmi, se ho filosofato; ci sono quarant'anni di sottosuolo! Lasciatemi fantasticare un po'. Abbiate la bontà di vedere: la ragione, signori, è una cosa buona, questo è innegabile, ma la ragione è solo ragione e soddisfa solo la capacità razionale dell'uomo, mentre il desiderio è la manifestazione di tutta la vita, cioè di tutta la vita umana, sia con la ragione, sia con tutti i grattamenti. E anche se la nostra vita in questa manifestazione è spesso spazzatura, però è pur sempre vita, e non soltanto estrazione della radice quadrata. Dopo tutto, io, per esempio, naturalmente voglio vivere per soddisfare tutte le mie capacità di vivere, e non per soddisfare solo la mia capacità razionale, cioè forse una ventesima parte dell'intera mia capacità di vivere. Cosa sa la ragione? La ragione sa solo ciò che ha fatto in tempo a sapere (altro, magari, non saprà mai; anche se non è una consolazione, perché non esprimerlo?), e la natura umana agisce tutta intera, tutto ciò che c'è dentro, conscio e inconscio, e anche se mente, però vive. Sospetto, signori, che mi guardiate con commiserazione; mi ripetete che una persona illuminata e sviluppata, in una parola, come lo sarà una persona futura, non può desiderare consapevolmente qualcosa di non vantaggioso

per sé, che questa è matematica. Sono assolutamente d'accordo, è davvero matematica. Ma vi ripeto per la centesima volta, c'è solo un caso, solo uno, in cui una persona può deliberatamente, consapevolmente desiderare per sé stessa anche qualcosa di nocivo, stupido, persino stupidissimo, cioè: per *avere il diritto* di desiderare per sé anche la cosa più stupida e non essere vincolata dal dovere di desiderare solo qualcosa d'intelligente. Evidentemente questa cosa è stupidissima, evidentemente è un suo capriccio, e in effetti, signori, può essere più vantaggiosa per il nostro prossimo di tutto ciò che c'è sulla terra, soprattutto in certi casi. E in particolare, può essere più vantaggiosa di tutti i vantaggi anche nel caso in cui ci apporta un danno evidente e contraddice le conclusioni più di buonsenso della nostra ragione sui vantaggi, perché in ogni caso ci preserva ciò che è più importante e più prezioso, ossia la nostra personalità e la nostra individualità. Ebbene alcuni sostengono che è davvero la cosa più cara per una persona; il desiderio, certo, può, se vuole, anche andare d'accordo con la ragione, soprattutto se non ne abusa, ma la usa con moderazione; questo è utile e talvolta lodevole. Ma il desiderio molto spesso e anzi per la maggior parte è del tutto in disaccordo con la ragione e la contraddice e... e... e lo sapete, che anche questo è utile e anzi a volte molto lodevole? Signori, supponiamo che l'uomo non sia stupido. (In effetti, evidentemente non si può proprio dire questo di lui, non foss'altro per il fatto che se è stupido lui, allora intelligente chi è?) Ma se non è stupido, quantomeno è mostruosamente ingrato! Ingrato in modo fenomenale. Penso perfino che la migliore definizione di persona sia – creatura su due gambe e ingrata. Ma non è ancora tutto; questo non è ancora il suo principale difetto; il suo più grande difetto è la costante scostumatezza, costante, che va dal Diluvio universale al periodo Schleswig-Holstein dei destini umani. La scostumatezza, e di conseguenza, anche l'irragionevolezza; perché è noto da tempo che l'irragionevolezza non deriva da altro che dalla scostumatezza. Provate a dare un'occhiata alla storia dell'umanità; beh, cosa vedete? Maestosamente? Sia pure, maestosamente; già solo il colosso di Rodi, per esempio, quanto vale! Non a caso il signor Anaevskij testimonia che alcuni sostengono che sia opera di mani umane; altri invece affermano che è stato creato dalla natura stessa. In modo variopinto? Sia pure, variopinto; raccapezzarsi solo in tutte le età e in tutti i popoli nelle sole uniformi da parata per i militari e i civili – è già sufficiente questo e con le uniformi c'è da rompersi una gamba; nessuno storico può resistere. Monotono? Sia pure, monotono: litigare e litigare, anche ora litigare, anche prima litigavano, e anche dopo litigavano – ammetterete che è anche troppo monotono. In breve, tutto si può dire della storia del mondo, tutto quello che solo all'immaginazione più sconvolta può venire in mente. Una sola cosa non si può dire, – che è ragionevole. Sulla prima parola vi andrà di traverso. E anche qui c'è una cosa che accade ogni minuto: ci sono costantemente persone così costumate e ragionevoli nella vita, evidentemente, così sagge e amanti del genere umano, che per tutta la vita si pongono proprio l'obiettivo di comportarsi nel modo più costumato e più ragionevole possibile, per così dire, di fare i brillanti davanti al prossimo, precipuamente per dimostrare loro che è davvero possibile stare al mondo in modo sia costumato, sia ragionevole. E allora? È noto che molti di questi amanti del genere umano, presto o tardi, verso la fine della vita si sono traditi, dando luogo a certi aneddoti, a volta anche dei più indecenti. Ora vi domando: che cosa possiamo aspettarci da una persona, in quanto creatura dotata di qualità così strane? Cospargetela di tutti i beni terreni, annegatela nella felicità con tutta la testa, in modo che solo le bolle salgano alla superficie della felicità, come nell'acqua; datele una soddisfazione economica tale che non abbia assolutamente altro da fare, tranne dormire, mangiare pan di zenzero e darsi da fare per la continuità della storia universale – bene, anche in questo caso lei, la persona, anche in questo caso per pura ingratitudine, per pura beffa, vi farà una carognata. Rischierà anche il pan di zenzero e desidererà intenzionalmente la più perniciosa assurdità, la più antieconomica insensatezza, unicamente per aggiungere il proprio pernicioso elemento fantastico a tutta questa positiva ragionevolezza. Proprio i loro sogni fantastici, la loro volgare stupidità li spingeranno a essere coerenti solo per confermare (come se questo fosse così necessario), che le persone sono comunque persone, e non tasti di pianoforte, che pur essendo suonati dalle leggi della natura di propria mano, minacciano di suonare in proprio al punto che, calendario a parte, non si avrà più voglia di nulla. Ma evidentemente non è solo questo: anche se fosse davvero un tasto di pianoforte, se si dovesse dimostrarlo anche con

le scienze naturali e la matematica, anche in questo caso non diventerà ragionevole, ma farà apposta qualcosa al contrario, unicamente per mera ingratitudine; proprio per insistere sulla propria idea. E nel caso in cui i mezzi non li abbia – si inventerà distruzione e caos, si inventerà varie sofferenze e insisterà sulla propria idea! La maledizione si diffonderà nel mondo, e poiché solo una persona può maledire (questo è il suo privilegio, che la distingue principalmente dagli altri animali), probabilmente con la sola maledizione otterrà il proprio scopo, ossia convincersi davvero di essere una persona, e non un tasto del pianoforte! Se dite che anche tutto questo può essere calcolato con una tabellina, e il caos, e l'oscurità, e la maledizione, la sola possibilità di calcolo preventivo fermerà tutto e la ragione si prenderà quello che le spetta – la persona in questo caso fingerà di essere matta, in modo da non avere ragione e di poter insistere sulla propria idea! Io ci credo, io rispondo di questo, perché evidentemente tutta la questione umana, sembra, consiste davvero solo nel fatto che una persona ogni momento deve dimostrare a sé stessa di essere una persona, e non una puntina! per quanto in modo indiretto, ma l'ha dimostrato; per quanto da troglodita, ma l'ha dimostrato. E dopo questo come non peccare, non vantarsi che non è ancora così e che il desiderio per ora sa il diavolo da cosa dipende...
Voi mi gridate (se solo mi onorate ancora del vostro grido) che evidentemente qui nessuno mi toglie la mia volontà; che si danno solo da fare perché in qualche modo la mia volontà, di sua stessa volontà, coincida con i miei normali interessi, con le leggi di natura e con l'aritmetica.

«Eh, signori, che volontà ci sarà quando si arriverà alle tabelline e all'aritmetica, quando ci sarà solo il due più due fa quattro? Due più due fa quattro anche senza la mia volontà. La volontà è così!»

IX

Signori, sto scherzando, e so che sono scherzi malriusciti, ma evidentemente non si può prendere tutto come uno scherzo. Io, forse, scherzo digrignando i denti. Signori, sono tormentato dai problemi; risolvetemeli. Ad esempio, volete svezzare una persona dalle sue vecchie abitudini e dalla volontà di correggerle, secondo le esigenze della scienza e del buonsenso. Ma perché sapete che non solo è possibile, ma anche necessario rifare un essere umano così? da cosa concludete che il desiderio umano vada necessariamente corretto? In una parola, perché sapete che una tale correzione sarà vantaggiosa per la persona? E, se vogliamo dire tutto, perché siete così tanto convinti che non andare contro i vantaggi reali, normali, garantiti dagli argomenti della ragione e dell'aritmetica, in realtà per l'uomo è sempre vantaggioso ed è una legge per tutta l'umanità? Evidentemente per ora è solo una vostra supposizione. Supponiamo che sia una legge della logica, ma magari non dell'umanità. Voi, forse, pensate, signori, che io sia pazzo? Permettetemi di correggermi. Sono d'accordo: una persona è un animale, perlopiù creativo, costretto a lottare per l'obiettivo consapevolmente e a impegnarsi nell'arte ingegneristica, cioè per sempre e incessantemente a spianare la strada per sé stesso almeno da qualche parte. Ma è proprio per questo, forse, che a volte vuole voltarsi da parte, che è costretto a scavare questa strada, e anche, magari, perché, per quanto figura sciocca e attivista diretto in generale, comunque a volte arriva all'idea che la strada quasi sempre va da qualche parte e che la cosa principale non è dove va, ma che è va e basta e che un bambino costumato, trascurando l'arte dell'ingegneria, non si abbandona all'ozio distruttivo, che, come è noto, è la madre di tutti i vizi. L'uomo ama creare e costruire strade, è innegabile. Ma come mai ama anche appassionatamente la distruzione e il caos? Ecco, ditemi questo! Ma su questo io stesso voglio pronunciare due parole a parte. Non sarà, magari, che ama così tanto la distruzione e il caos (perché è innegabile che a volte li ama molto, è così), perché ha istintivamente paura di raggiungere l'obiettivo e finire l'edificio creato? Perché sapete, magari gli piace l'edificio solo da lontano, e da vicino per niente; magari gli piace solo costruirlo, non viverci, lasciandolo poi *aux animaux domestiques*, come formiche, montoni, ecc., ecc. Ecco, le formiche hanno gusto completamente diverso. Hanno un solo edificio incredibile di questo stesso tipo, nei secoli indistruttibile – il formicaio.

Dal formicaio sono partite le venerabili formiche, col formicaio, probabilmente, finiranno, il che porterà grande onore alla loro costanza e positività. Ma l'essere umano è una creatura frivola e sconveniente e, forse, come un giocatore di scacchi, ama il solo processo di raggiungimento di un obiettivo, e non l'obiettivo stesso. E chissà (è impossibile garantire) può essere che l'intero scopo sulla terra a cui l'umanità aspira, stia solo in questa continuità del processo di realizzazione, o in altri termini nella vita stessa, e non nello scopo stesso, che, s'intende, deve essere nient'altro che due più due fa quattro, ossia una formula, ma evidentemente due più due fa quattro non è vita, signori, ma l'inizio della morte. Quantomeno l'uomo ha sempre avuto paura di questo due più due fa quattro, e adesso ne ho paura anch'io. Supponiamo che l'uomo non faccia altro che cercare questo due più due fa quattro, naviga gli oceani, sacrifica la sua vita in questa ricerca, ma di trovare, di raggiungere davvero – quanto è vero Dio, in qualche modo ha paura. Evidentemente, sente che come lo troverà, non ci sarà più nulla da cercare. I lavoratori, dopo aver finito un lavoro, perlomeno ricevono i soldi, vanno in osteria, poi finiscono dentro – beh, ecco le occupazioni per una settimana. Ma l'uomo dove va? Perlomeno, ogni volta si nota in lui un certo disagio quando si tratta di raggiungere obiettivi simili. Gli piace il perseguimento, ma non il raggiungimento, e questo, naturalmente, è terribilmente ridicolo. In breve, l'uomo ha una struttura comica; in tutto questo, evidentemente, è racchiuso un *calembour*. Ma due più due fa quattro – è comunque una cosa insopportabile. Due più due fa quattro – evidentementeè pura impertinenza, secondo me, signori. Due più due fa quattro sembra un damerino, si mette di traverso sulla vostra strada con le mani sui fianchi e sputa. Sono d'accordo che due più due fa quattro – è una cosa eccellente; ma se si vuole elogiare tutto, allora anche due più due fa cinque – a volte è una cosettina niente male.

E perché siete così fermamente, così solennemente sicuri, che solo una cosa normale e positiva – in una parola, solo la prosperità è vantaggiosa per l'uomo? Non si sbaglia la ragione a proposito dei vantaggi? Evidentemente l'uomo ama altro oltre alla prosperità, forse? Forse gli piace esattamente altrettanto soffrire? Forse la sofferenza gli è esattamente altrettanto vantaggiosa della prosperità? E a volte l'uomo ama terribilmente la sofferenza, con passione, e questo è un dato di fatto. Qui la storia universale non c'entra nulla; domandatevi se solo siete una persona e se avete mai vissuto almeno un po'. Per quanto riguarda la mia opinione personale, è indecente amare solo il benessere, anche in qualche modo sconveniente. Sarà un bene, sarà un male, ma anche rompere qualcosa a volte è molto piacevole. Evidentemente non parteggio né per la sofferenza, né per la prosperità. Parteggio... per il mio capriccio e perché mi sia garantito quando ne ho voglia. La sofferenza, per esempio, nei *vaudeville* non è concepita, lo so. Nel palazzo di cristallo è perfino impensabile: la sofferenza è dubbio, è negazione, e che razza di palazzo di cristallo è quello in cui si possono avere dubbi? Nel contempo, sono sicuro che l'uomo alla vera sofferenza, cioè alla distruzione e al caos non rinuncerà mai. La sofferenza – evidentemente è l'unica causa della coscienza. Anche se ho riferito all'inizio che la coscienza, a mio parere, è la più grande disgrazia per l'uomo, so che l'uomo la ama e non la cambierebbe con nessuna soddisfazione. La coscienza, per esempio, è infinitamente più elevata del due più due fa quattro. Dopo il due più due fa quattro, s'intende, non resterebbe più nulla, non solo da fare, ma anche da conoscere. Tutto ciò che sarà possibile allora è – sigillare i propri cinque sensi e immergersi nella contemplazione. Beh, e quando c'è la coscienza, si ha sempre lo stesso risultato, ossia non c'è comunque niente da fare, ma perlomeno a volte ci si può frustare un po', e questo vivifica, comunque. Anche se è retrogrado, è sempre meglio di niente.

X

Voi credete nel palazzo di cristallo, eternamente indistruttibile, ossia tale che non sarà permesso né fare le linguacce di nascosto né mostrare il *kukiš* in tasca. Beh, forse è per questo che ho paura di questo palazzo, che è di cristallo ed eternamente indistruttibile, e che non sarà nemmeno possibile fargli le linguacce di nascosto.

Vedete per esempio: se invece di un palazzo ci fosse un pollaio, e dovesse piovere, magari potrei infilarmi nel pollaio per non bagnarmi, ma ciò nonostante il pollaio non lo prenderei per un palazzo solo per la gratitudine che mi ha riparato dalla pioggia. Ridete, voi dite anche che in questo caso un pollaio o una magione fanno lo stesso. Sì, – rispondo io – se dovessi vivere solo per non infradiciarmi.

Ma, e se dovessi mettermi in mente che si vive non solo per questo e che, se si deve, allora è meglio vivere in una magione? Questo è il mio desiderio, è quello che desidero io. Me lo sradicherete da dentro solo quando cambierete i miei desideri. Beh, cambiatemi, affascinatemi con qualcos'altro, datemi un ideale diverso. Ma nel frattempo continuerò a non prendere un pollaio per una magione. Anche se accade così che il palazzo di cristallo è un bluff, che secondo le leggi di natura non si suppone che esista e che l'ho inventato solo a causa della mia stupidità, a causa di alcune vecchie abitudini irrazionali della nostra generazione. Ma cosa m'importa se non si ritiene che esista. Non è lo stesso se esiste nei miei desideri, o, per meglio dire, se esiste finché esistono i miei desideri? State ridendo di nuovo? Ridete pure; io accetto tutte le derisioni, però se ho appetito non dirò mai che sono sazio; però so che non accetterò il compromesso, lo zero periodico continuo, solo perché esiste secondo le leggi di natura ed esiste davvero. Non prenderò come coronamento dei miei desideri – una casa importante, con appartamenti per inquilini poveri sotto contratto millenario e per ogni evenienza la targhetta del dentista Wagenheim. Distruggete i miei desideri, cancellate i miei ideali, mostratemi qualcosa di meglio, e vi seguirò. Magari direte che non vale nemmeno la pena di mettercisi; ma in questo caso io posso dire lo stesso a voi. Ragioniamo seriamente; e se non vorrete onorarmi della vostra attenzione, io vi toglierò il saluto. Ho il sottosuolo.

E finché vivo ancora e desidero – ma mi si secchi la mano se porto anche solo un mattone per la casa importante[19]! Non badate al fatto che prima io stesso ho rifiutato il palazzo di cristallo solo perché non si possono fare le linguacce. Non l'ho detto certo perché mi piace particolarmente

---

[19] Allusione polemica ai libri di Fourier e Considerant in cui si diceva di portare la propria pietra per il palazzo della società futura. Stessa allusione presente anche in *Delitto e castigo*.

tirare fuori la lingua. Io, forse, ero solo arrabbiato
che non esistesse ancora un palazzo del genere, al
quale non si possano fare le linguacce, tra tutti i
vostri palazzi. Al contrario, la lingua me la
lascerei tagliare proprio, per gratitudine, se solo le
cose si sistemassero in modo che io non avessi
più voglia di mostrarla a nessuno. Cosa mi
interessa se è impossibile sistemare le cose così e
se è necessario accontentarsi di un appartamento.
Ma perché sono in armonia con desideri del
genere? Possibile che io sia fatto solo per
giungere alla conclusione che il modo in cui sono
fatto è pura pompa? Possibile che tutto lo scopo
stia qui? Non ci credo.
E, però, sapete cosa: sono convinto che noi del
sottosuolo andiamo tenuti a freno. Anche se
siamo capaci di starcene seduti in silenzio nel
sottosuolo per quarant'anni, se però usciamo alla
luce e scoppiamo, poi parliamo, parliamo,
parliamo...

XI

Fine della storia, signori: è meglio non fare nulla!
Meglio un'inerzia cosciente! Quindi, lunga vita al
sottosuolo! Anche se ho detto che invidio la
persona normale fino a farmi venire la bile, alle
condizioni in cui la vedo ora, però, non voglio
essere come lei (anche se non cesserò comunque
di invidiarla. No, no, il sottosuolo in ogni caso è
più vantaggioso!) Là perlomeno si può... Puah!
Ma qui sto dicendo una bugia! Dico una bugia
perché so benissimo, come due più due fa
quattro, che quello che è meglio non è il
sottosuolo, ma qualcosa di diverso, del tutto

diverso, che bramo, ma che non riesco proprio a trovare! Al diavolo il sottosuolo!

Ecco cosa anche sarebbe meglio: se credessi anche solo un pochetto di tutte le cose che ho scritto finora. Vi giuro, signori, che non credo nemmeno a una parolina, nemmeno una, di quello che ho scribacchiato finora! Ossia ci credo, magari, ma nello stesso tempo, non so perché, sento e sospetto di mentire come uno stivalaio.

«Allora a che scopo avete scritto tutto questo?» mi dite voi.

«Ma vi avrei messo io per quarant'anni senza alcuna occupazione, e verrei quarant'anni dopo a vedere, nel sottosuolo, dove siete arrivati! È possibile lasciare una persona senza far niente da sola per quarant'anni?»

«E non è una vergogna, e non è un'umiliazione!» forse mi direte, scuotendo la testa sprezzanti. «Voi bramate la vita e i problemi della vita cercate di risolverli con confusione logica. E quanto sono fastidiose, quanto sono impertinenti le vostre buffonate, e allo stesso tempo quanto avete paura! Voi dite sciocchezze e ne siete soddisfatti; voi dite impertinenze, ma avete ininterrottamente paura e chiedete scusa. Voi assicurate che non avete paura di nulla, e nello stesso tempo state cercando di ingraziarvi il nostro parere. Voi assicurate che state digrignando i denti, e nello stesso tempo fate gli spiritosi, per farci ridere. Voi sapete che il vostro spirito non è spiritoso, ma evidentemente siete molto soddisfatti del suo valore letterario. Voi forse avete sofferto davvero, ma non avete nessun rispetto per la vostra sofferenza. In voi c'è verità, ma in voi non c'è pudore; per la più meschina vanità portate la verità in mostra, al pubblico ludibrio, al mercato... Volete davvero dire qualcosa, ma per paura nascondete la vostra ultima parola, perché voi non avete determinazione a esprimerla, ma solo sfacciataggine codarda. Vi vantate della coscienza, ma non fate che esitare, perché anche se la vostra mente funziona, il vostro cuore è oscurato dalla dissolutezza, e senza un cuore puro – una coscienza piena, retta non può esserci. E quanta fastidiosità in voi, come implorate, come siete affettati! Bugie, bugie e bugie!»

Naturalmente, tutte queste vostre parole le ho scritte io. Anche questo viene dal sottosuolo. Sono quarant'anni che origlio queste vostre parole dalla fessura. Le ho inventate io, evidentemente è tutto quello che è stato inventato. Non sorprende se le ho imparate a memoria e se hanno assunto forma letteraria...

Ma possibile, possibile che siate davvero così superficiali da immaginare che io pubblichi tutto questo e ve lo faccia leggere? Ed ecco un altro compito per me: in realtà perché vi chiamo «signori», perché mi rivolgo a voi come se mi rivolgessi davvero ai lettori? Le confessioni, come quelle che intendo cominciare a esprimere, non vengono pubblicate e non si lasciano leggere agli altri. Perlomeno, tanta durezza dentro di me non ce l'ho e non credo sia necessario averla. Ma vedete: mi è venuta in mente una fantasia, e costi quel che costi la voglio realizzare. Ecco di cosa si tratta.

Ci sono nei ricordi di ogni persona cose tali, che si rivelano non a tutti, ma solo agli amici. Ci sono anche quelle che non si rivelano nemmeno agli amici, ma solo a sé stessi, e anche questo promettendo di mantenere il segreto. Ma ci sono, infine, anche quelle che una persona ha paura di rivelare anche a sé stessa, e di cose del genere in qualsiasi persona perbene se ne accumulano parecchie. Anzi è addirittura così: più una persona è perbene, più se ne accumulano. Perlomeno, io stesso solo di recente ho deciso di ricordare alcune mie avventure precedenti, ma finora le avevo sempre evitate, anche con una certa ansia. Ora, che non solo ricordo, ma ho anche deciso di scrivere, ora voglio solo fare un tentativo: è possibile almeno con sé stessi essere completamente sinceri e non aver paura di tutta la verità? A proposito rilevo: Heine sostiene che le autobiografie fedeli sono quasi impossibili, e una persona su sé stessa probabilmente mente[20]. Secondo lui, Rousseau, per esempio, ha necessariamente mentito su sé stesso nella sua confessione, e anche deliberatamente mentito, per vanità. Sono sicuro che Heine ha ragione; capisco molto bene come a volte sia possibile per pura vanità accollarsi crimini di ogni genere, e comprendo benissimo che tipo di vanità possa essere. Ma Heine giudicava una persona che si confessa in pubblico. Io invece scrivo solo per me stesso e una volta per tutte dichiaro che se anche scrivo come se mi rivolgessi ai lettori, è unicamente per fare scena, perché mi è più facile scrivere. Questa è forma, pura forma vuota, di lettori non ne avrò mai. L'ho già dichiarato...

---

[20] Secondo Heine, scrivere autobiografie sarebbe sconveniente e impossibile perché, pur volendo essere sincero, nessuno riesce a dire la verità su sé stesso; e Rousseau nelle *Confessioni* farebbe ammissioni mendaci per nascondervi atti veri.

Non voglio sentirmi limitato nel redigere le mie memorie. Non ho intenzione di tirare in ballo ordini e sistemi. Quello che mi viene in mente, lo scrivo.

Ecco, per esempio: potreste cavillare sulla parola e domandarmi: se davvero non fate affidamento sui lettori, allora perché ora prendete con voi stesso, e perdipiù sulla carta, questi impegni, cioè che non tirerete in ballo ordini e sistemi, che scrivete quello che vi viene in mente, ecc., ecc.? A che pro vi spiegate? A che pro vi scusate?

«Ma andiamo» rispondo.

È tutta psicologia, però. Forse è anche che sono solo pauroso. O forse anche che apposta mi immagino un pubblico davanti, per comportarmi in modo più beneducato mentre scrivo. Di cause possono essercene mille.

Ma ecco cos'altro: per cosa, esattamente a che scopo voglio scrivere? Se non fosse per il pubblico, evidentemente potrei ricordare tutto a mente, senza tradurlo sulla carta.

È così, signori; ma sulla carta viene più solenne, in qualche modo. C'è qualcosa di ispirante, c'è più giudizio su di sé, c'è più stile. Inoltre: forse scrivendo provo maggiore sollievo. Per esempio adesso, sono particolarmente oppresso da un lontanissimo ricordo. Mi è venuto in mente nitido l'altro giorno, e da allora mi è rimasto nella testa come un motivetto musicale appiccicoso che non vuole togliersi di mezzo. E invece toglierlo di mezzo è indispensabile. Di ricordi di questo tipo ne ho centinaia; ma a volte tra le centinaia ce n'è uno che si mette in mostra e mi opprime. Per qualche ragione credo che, se lo metto per iscritto, si toglierà di mezzo. Perché non provare?

Infine: mi annoio, non faccio mai nulla. Invece scrivere sembra davvero un lavoro. Dicono che il lavoro renda buoni e onesti. Beh, ecco quantomeno una *chance*.

Oggi cade la neve, quasi bagnata, gialla, fangosa. Ieri anche nevicava, l'altro giorno anche nevicava. Mi sembra che sia stata proprio la neve bagnata a farmi venire in mente l'aneddoto che ora non vuole più togliersi di mezzo. E sia, quindi, una storia sulla neve bagnata[21].

Parte II - Sulla neve bagnata

> Quando dal buio del delirio
> – parole calde convincenti –
> accolsi l'anima caduta,
> e, piena di dolore acuto,
> a mani torte maledissi
> il vizio che ti aveva invaso;
>
> quando scordevole coscienza
> con il ricordo giustiziando,
> la narrazion m'hai raccontato
> di quel che fu prima di me;
>
> coperto il viso con le mani,
> colma d'orrore e di vergogna,
> in lacrime ti sei sgravata,
> scossa, turbata, lacerata
> ecc., ecc., ecc.
>
> Dalla poesia di Nekràsov

---

[21] Dostoevskij è polemico con gli scrittori della "scuola naturale" e con i loro imitatori, per i quali pioggerella e neve bagnata sono elementi indispensabili del paesaggio pietroburghese.

I

A quel tempo avevo solo ventiquattro anni. La mia vita era già allora cupa, disordinata e solitaria fino all'inselvatichimento. Non avevo a che fare con nessuno ed evitavo perfino di parlare e me ne stavo sempre più rannicchiato nel mio angolo. Al lavoro, in ufficio, cercavo perfino di non guardare nessuno, e mi accorgevo benissimo che i miei colleghi non solo mi consideravano bislacco, ma – mi sembrava sempre – apparentemente mi guardavano con un certo disgusto. Mi capitava di pensare: com'è che a nessuno, tranne che a me, sembra d'esser guardato con disgusto? Uno dei nostri impiegati aveva una faccia schifosa e butteratissima, e sembrava perfino un bandito. Io, mi sembra, non avrei nemmeno il coraggio di dare un'occhiata a uno con una faccia così indecente. Un altro aveva l'uniforme così consunta, che vicino a lui ormai c'era cattivo odore. E invece nessuno di questi signori si scomponeva – né riguardo al vestito, né riguardo alla faccia, né per una considerazione morale. Né uno né l'altro si immaginavano che li guardassero con disgusto; ma se anche l'avessero immaginato, non gliene sarebbe importato, a meno che i loro superiori non si fossero degnati di guardare. Ora mi è del tutto chiaro che io stesso in conseguenza della mia vanità illimitata, e quindi, della mia pretenziosità verso me stesso, mi guardavo molto spesso con rabbiosa insoddisfazione, che arrivava al disgusto, ed era per ciò, mentalmente, che proiettavo il mio modo di vedere su tutti. Io, per esempio, odiavo la mia faccia, la trovavo disgustosa, e sospettavo persino che avesse un'espressione vigliacca, e quindi ogni volta, presentandomi al lavoro, cercavo tormentosamente di mantenermi più indipendente possibile, perché non mi sospettassero di vigliaccheria, e con la faccia di esprimere più signorilità possibile. "Che la faccia sia brutta" pensavo "ma almeno che sia nobile, espressiva e, soprattutto, estremamente intelligente". Ma con dolore sapevo che probabilmente non avrei mai espresso tutte queste perfezioni con la mia faccia. Ma quel che è più orribile di tutto, lo trovavo assolutamente stupido. Io però mi sarei del tutto tranquillizzato con l'intelligenza. Fino al punto che sarei stato d'accordo perfino con l'espressione vigliacca, purché trovassero nello stesso tempo la mia faccia terribilmente intelligente.

Tutti i nostri impiegati, s'intende, li odiavo, dal primo all'ultimo, e disprezzavo tutti, e nel contempo ne avevo come paura. Capitava che io d'un tratto li mettessi perfino al di sopra di me. Una volta mi è successo all'improvviso: ora li disprezzo, ora li metto al di sopra di me. Un uomo evoluto e perbene non può essere vanitoso senza essere illimitatamente esigente verso sé stesso e senza disprezzare sé stesso in certi momenti fino a odiarsi. Ma, ora disprezzando, ora considerandomi superiore, davanti a quasi ogni persona che incontravo abbassavo gli occhi. Ho anche fatto alcuni esperimenti: se sarei riuscito a sopportare lo sguardo almeno di una certa persona su di me, e l'ho sempre abbassato io per primo. Mi tormentava fino a farmi indemoniare. Morbosamente avevo anche paura di essere ridicolo e per questo ero servilmente conformista in tutto ciò che riguardava l'aspetto esteriore; con amore seguivo il binario comune e con tutta l'anima temevo qualsiasi eccentricità. Ma come facevo a sostenere la parte? Ero morbosamente evoluto, come essere evoluti si confà a una persona del nostro tempo. Loro invece erano tutti ottusi e simili l'un l'altro come pecore in un gregge. Forse ero l'unico in tutto l'ufficio a cui sembrava costantemente di essere pauroso e schiavo; proprio perché ero evoluto mi sembrava così. Ma non solo mi sembrava, in effetti era davvero così: ero un pauroso e uno schiavo. Dico questo senza alcun imbarazzo. Ogni persona perbene del nostro tempo è e deve essere un pauroso e uno schiavo. È il suo stato normale. Di questo sono profondamente convinto. È fatto così e strutturato per questo. E non al presente, per qualche circostanza contingente, ma in generale in tutti i tempi una persona perbene deve essere un pauroso e uno schiavo. È la legge di natura di tutte le persone perbene sulla terra. Se capita a qualcuno di vantarsi di qualcosa, non è il caso di consolarsi o montarsi la testa: davanti a un altro comunque sbrocca. Questo è l'unico e immancabile esito. Solo gli asini e i muli fanno i coraggiosi, ma evidentemente anche loro fino al famoso muro. Non vale la pena di prestare attenzione a loro, perché loro non significano nulla.

Un'altra circostanza mi tormentava allora: proprio il fatto che nessuno mi somigliava e io non assomigliavo a nessuno. "Io sono uno, mentre loro sono tutti" pensavo – e mi faceva pensare.

Da questo è evidente che ero ancora un ragazzino.

Succedeva anche il contrario. Evidentemente a volte mi era ormai diventato disgustoso andare in ufficio: arrivavo al punto che molte volte dal lavoro tornavo malato. Ma d'un tratto di punto in bianco arriva una fase di scetticismo e indifferenza (avevo tutto in fasi), ed ecco trovo ridicola la mia intolleranza e schizzinosità, mi rimprovero da solo di romanticismo. Ora non voglio nemmeno parlare con nessuno, ora arrivo al punto che non solo attacco discorso, ma sono anche propenso a interagire in modo amichevole. Tutta la schizzinosità d'un tratto senza motivo è scomparsa di punto in bianco. Chissà, forse non l'ho nemmeno mai avuta, ma era posticcia, di origine libresca? Questo problema non l'ho ancora risolto. Una volta ho fatto anche abbastanza amicizia con loro, ho preso ad andarli a trovare, a giocare a *preferans*[22], a bere vodka, a discutere della produzione... Ma qui permettetemi di fare una digressione.

Noi russi, in generale, non abbiamo mai avuto stupidi romantici sovrastellari tedeschi e soprattutto francesi, sui quali non fa effetto nulla, anche se gli si apre il terreno sotto i piedi, anche se tutta la Francia sta morendo sulle barricate — sono sempre imperterriti, anche per beneducazione non cambiano, e tutti cantano le loro canzoni sovrastellari, per così dire, con un piede nella fossa, perché sono cretini. Invece noi,

---

[22] Detto anche «préférence russo», gioco semplice con mazzo da dieci carte con dichiarazione, giocato da tre o quattro giocatori con un mazzo piquet da 32 carte. Variante sofisticata del gioco austriaco *préférence*.

in suolo russo, non abbiamo cretini; questo è noto; in questo ci distinguiamo dalle altre terre tedesche. Di conseguenza, nemmeno nature sovrastellari ne circolano allo stato puro. Tutti i nostri "positivi" pubblicisti e critici di allora, che andavano a caccia allora di Kostanžoglo[23] e di zii Pëtr Ivànovič[24] e stupidamente li avevano presi per il nostro ideale, hanno inventato molto sui nostri romantici, ritenendoli altrettanto sovrastellari, come in Germania o in Francia. Al contrario, le proprietà dei nostri romantici sono completamente e diametralmente opposte a quelle del sovrastellare europeo, e nessun metro europeo vi si adatta. (Permettetemi di usare questa parola: «romantico» – è una parola vetusta, venerabile, attempata e nota a tutti.) Le proprietà dei nostri romantici sono di capire tutto, di vedere tutto e vedere spesso incomparabilmente più chiaro di quanto le nostre menti più positive vedono; di non venire a patti con nessuno e con nulla, ma nello stesso tempo di non essere schizzinosi verso nulla; di aggirare tutto, di cedere a tutto, di agire politicamente con tutti; di costantemente non perdere di vista lo scopo utile, pratico (appartamenti di Stato, pensionati, stelline), di mantenere questo obiettivo attraverso tutti gli entusiasmi e i volumetti di poesie liriche, e nello stesso tempo di mantenere indistruttibile in sé "il bello e sublime" con un piede nella fossa, e, fra parentesi, di custodire con cura anche sé stessi,

---

[23] Proprietario terriero modello delle *Anime morte* di Gogol'.

[24] Da *Storia comune* di Gončarov, incarnazione del buonsenso e dello spirito pratico.

proprio nella bambagia, come gioiellini, non fosse che per il bene, poniamo, di quello stesso "bello e sublime". Zuzzurullone è il nostro romantico e primissimo imbroglione di tutti i nostri imbroglioni, ve lo assicuro... anche per esperienza. Naturalmente, tutto questo, se il romantico è intelligente. Ossia, cosa dico! il romantico è sempre intelligente, volevo solo notare che anche se abbiamo avuto romantici cretini, questo però non conta e unicamente perché ancora nel pieno delle forze sono poi rinati tedeschi e, per conservare più comodamente il proprio gioiellino, si sono stabiliti lì da qualche parte, perlopiù a Weimar o nella Foresta nera. Per esempio, io ho sinceramente disprezzato il mio lavoro d'ufficio e non ci ho sputato sopra solo per necessità, perché ero io stesso seduto lì e ricevevo i soldi per quello. E di conseguenza, badate bene, non ci sputavo. Il nostro romantico uscirà piuttosto di senno (cosa che, però, avviene molto raramente), e se non ha in mente un'altra carriera non sputa, e non sarà mai cacciato a calci – al massimo lo metteranno in manicomio nelle vesti di "re di Spagna"[25], e anche quello solo se esce molto di senno. Ma evidentemente da noi escono di senno solo i mingherlini e quelli coi capelli biondo chiaro. E un numero incalcolabile di romantici in séguito raggiunge posizioni di rilievo. Straordinaria poliedricità! E quale capacità per le sensazioni più contraddittorie! Anche allora mi consolava, e ora sono della stessa idea. Ecco perché abbiamo così tante "grandi nature", che

---

[25] Nel racconto di Gogol' *Memorie di un matto* (1835) si considerava tale Poprišin.

anche all'ultima caduta non perdono mai il loro ideale; e anche se per l'ideale non alzano un dito, anche se sono banditi e ladri matricolati, eppure fino alle lacrime il loro ideale primario lo perseguono e nell'anima sono straordinariamente onesti. Sissignori, solo da noi il più smaccato mascalzone può essere perfettamente e anche sublimemente onesto nell'anima, senza nello stesso tempo cessare di essere un mascalzone. Ripeto, evidentemente molto spesso dai nostri romantici escono furfanti così smaliziati (uso la parola «furfante» in modo affettuoso), rivelano d'un tratto un tale fiuto per la realtà e un tale senso pratico, che il pubblico e i superiori sbalorditi non sanno far altro che schioccare la lingua, allibiti.

Poliedricità davvero stupefacente, e Dio sa in cosa si volgerà e si svilupperà nelle circostanze successive e cosa ci prometterà per il nostro futuro? E il materiale non è scadente, signori! Non lo dico per patriottismo ridicolo o posticcio. Comunque, sono certo che penserete di nuovo che sto scherzando. E chissà, forse vale anche il reciproco, ossia siete sicuri che io lo pensi davvero. In ogni caso, signori, entrambe le vostre opinioni le considero un onore e un piacere speciale. E perdonate la mia digressione.

Con i colleghi, s'intende, non ho sostenuto l'amicizia e molto presto me ne sono separato e per conseguenza della giovane inesperienza di allora ho smesso perfino di salutarli, come se avessi rotto. Questo, comunque, mi è successo una volta in tutto. In generale sono sempre stato solo.

A casa, in primo luogo, più di tutto leggevo. Volevo soffocare con le sensazioni esterne ciò che incessantemente si accumulava dentro di me. E tra le sensazioni esterne era possibile per me soltanto la lettura. Leggere, naturalmente, era molto d'aiuto – metteva in agitazione, addolciva e tormentava. Ma a volte annoiava terribilmente. Eppure volevo muovermi, e d'un tratto mi sono immerso in un buia, sotterranea, schifosa – non dissolutezza, ma dissolutezzuccia. Le passioncelle in me erano acute, brucianti per la mia costante irritabilità morbosa. Gli accessi erano isterici, con lacrime e convulsioni. A parte la lettura, non c'era nessun posto dove andare – ossia non c'era nulla per cui avessi stima nel mio ambiente e che mi avrebbe attirato. Ribolliva, soprattutto, l'angoscia; era una sete isterica di contraddizioni, contrasti, ed ecco che mi sono dato alla dissolutezza. Evidentemente non lo dico per giustificarmi... Ma invece no! Ho mentito! Volevo proprio giustificarmi. Questa annotazione, signori, la faccio per me. Non voglio mentire. Ho dato la parola.

Sono stato dissoluto da solo, di notte, in segreto, timoroso, sporco, con una vergogna che non mi abbandonava nei momenti più disgustosi e anzi arrivava in questi momenti alla maledizione. Già allora portavo nell'anima il sottosuolo. Avevo una paura terribile che mi vedessero, incontrassero, riconoscessero. E andavo in diversi posti molto bui.

Una volta, passando di notte vicino a una taverna, ho visto nella finestra illuminata che dei signori con le stecche si picchiavano vicino al biliardo e che uno di loro veniva spinto dalla finestra. In un altro momento la cosa mi avrebbe fatto ribrezzo; ma quella notte è successo che ho provato invidia per questo signore buttato giù, e invidia al punto che sono anche entrato nella taverna, nel biliardo: «Forse, magari, finirò anch'io in una rissa, e butteranno giù anche me dalla finestra».

Non ero ubriaco, ma cosa volete mai fare – evidentemente l'angoscia può fare venire attacchi d'isteria! Ma non ha funzionato. È venuto fuori che non sono nemmeno capace di saltare dalla finestra, e me ne sono andato senza risse.

Mi è venuto addosso là fin dal primo passo un ufficiale.

Ero accanto al biliardo e senza accorgermene bloccavo il passaggio, e quello doveva passare; mi ha preso per le spalle e in silenzio – senza avvisare e senza spiegare – mi ha spostato da dove mi trovavo in un altro posto, ed è passato come se nulla fosse. Avrei perdonato anche se mi avesse picchiato, ma non potevo assolutamente perdonare che mi avesse spostato e non se ne fosse nemmeno accorto.

Il diavolo sa cosa avrei dato allora per una vera, più giusta rissa, più decorosa, più, per così dire, letteraria! Mi hanno trattato come una mosca. Sarà stato questo ufficiale alto due *aršin* e dieci *veršok*[26]; e io sono basso ed emaciato. La rissa, comunque, era in mano mia: bastava protestare, e, ovviamente, mi avrebbero buttato giù dalla finestra. Ma ci ho pensato e ho preferito... scomparire incattivito.

Sono uscito dalla taverna confuso e agitato, direttamente a casa, e il giorno dopo è continuata la mia dissolutezza in modo ancora più timido, spaventato e malinconico di prima, come con la lacrima all'occhio – e però è continuata. Non

---

[26] 187 centimetri.

pensate, comunque, che abbia avuto paura dell'ufficiale per paura: non sono mai stato pauroso nell'anima, anche se ininterrottamente sono stato pauroso nei fatti, ma – aspettate a ridere, per questo c'è una spiegazione; ho una spiegazione per tutto, state certi.

Oh, se solo questo ufficiale fosse stato di quelli che accettano di andare a duello! Ma no, era proprio uno di quei signori (ahimè! spariti da tempo), che preferivano agire con le stecche o, come il tenente Pirogov in Gogol'[27], – con le autorità. A duello invece non ci siamo andati, ma col loro prossimo, con uno *štafirka*[28], consideravano il duello indecoroso in ogni caso – e in generale consideravano il duello qualcosa di impensabile, da liberi pensatori, francesi, e offendevano parecchio, soprattutto quelli alti due *aršin* e dieci *veršok*.

Non è stata la paura qui a farmi paura, ma la vanagloria illimitata. Non avevo paura di due *aršin* e dieci *veršok* e nemmeno che mi picchiassero e buttasero dalla finestra; coraggio fisico, per la verità, ne avevo abbastanza; ma mancava il coraggio morale. Temevo che tutti i presenti, dal *marqueur* sfacciato fino all'ultimo burocratuccio ammuffito e brufoloso, che si aggirava con un colletto di lardo – non capissero e mi deridessero quando avessi protestato e mi fossi messo a

---

[27] Nel racconto *Nevskij prospekt* (1835), dopo essere stato picchiato da un artigiano tedesco offeso, il tenente Pirogov voleva lamentarsi con il generale e nel contempo presentare protesta scritta allo stato maggiore

[28] Fodera o bordo di fodera in stivali, gonne; di qui – appellativo sprezzante dei civili (dal tedesco: *stafieren*).

parlare con loro in linguaggio letterario. Perché del punto d'onore, ossia non dell'onore, ma del punto d'onore (*point d'honneur*), da noi evidentemente non si può ancora parlare come altro che un linguaggio letterario. Nel linguaggio ordinario il "punto d'onore" non si menziona. Ero abbastanza sicuro (fiuto della realtà, nonostante tutto il romanticismo!) che tutti loro semplicemente sarebbero scoppiati a ridere, e l'ufficiale non solo, cosa non priva di carattere offensivo, mi avrebbe picchiato, ma mi avrebbe necessariamente dato calci col ginocchio, girando in questo modo intorno al biliardo, e poi si sarebbe raddolcito e mi avrebbe buttato giù dalla finestra. Naturalmente, questa storia misera per me non poteva finire solo così. In séguito ho spesso incontrato questo ufficiale per strada, e l'ho notato bene. È solo che non so se mi ha riconosciuto lui. Mi sa di no; lo inferisco da alcuni segni. Ma io invece, io, – lo guardavo con cattiveria e odio, e così è andata avanti... alcuni anni, signori! La mia cattiveria si è persino rafforzata e ed è cresciuta cogli anni. All'inizio io, in modo riservato, ho cominciato a fare indagini su questo ufficiale. È stato difficile per me perché non conoscevo nessuno. Ma un giorno qualcuno lo ha chiamato per cognome nella via, mentre lo stavo seguendo da lontano, come se gli fossi legato, e così sono venuto a sapere il cognome. Un'altra volta l'ho seguito fino al suo appartamento e per una *grivna*[29] ho scoperto dal portinaio, dove vive, a che piano, se solo o con qualcuno, eccetera – in una parola, tutto quello che si può sapere da un portinaio. Un mattino,

---

[29] Dieci copeche.

anche se non avevo mai fatto letteratura, improvvisamente m'è venuta l'idea di descrivere questo ufficiale per smascherarlo, in una caricatura, sotto forma di racconto. Sono stato contento di scrivere questo racconto. L'ho smascherato, anche calunniato; all'inizio ho falsificato il suo cognome in modo che era facilissimo riconoscerlo, ma poi, dopo un ragionamento maturo, l'ho cambiato e l'ho inviato alla rivista *Otéčestvennye zapìski*. Ma allora non c'era ancora la letteratura di smascheramento [30], e il mio racconto non è stato pubblicato. Ero molto seccato. A volte la cattiveria mi soffocava proprio. Alla fine ho deciso di sfidare il mio avversario a duello. Gli ho scritto una lettera bella, attraente, pregandolo di scusarsi con me; in caso di rifiuto parlavo con abbastanza fermezza di duello. La lettera era così composta che se l'ufficiale avesse avuto una minima comprensione del "bello e sublime", necessariamente sarebbe corso da me per gettarmisi al collo e offrirmi la sua amicizia. E quanto sarebbe stato bello! Così ci saremmo riconciliati! Così riconciliati! Lui mi avrebbe protetto con i suoi gradi; io lo avrei nobilitato con la mia cultura, e... con le idee, e chissà cosa sarebbe potuto succedere! Immaginate che allora erano passati due anni da quando mi aveva offeso, e la mia sfida era un orrendo anacronismo, nonostante la grande destrezza della mia lettera, che spiegava l'anacronismo e ne prendeva le distanze. Ma, grazie a Dio (ringrazio ancora l'Onnipotente con le lacrime), la mia lettera non l'ho spedita. Mi viene la pelle d'oca quando penso a come

---

[30] In senso ironico.

sarebbe potuta finire se l'avessi mandata. E all'improvviso... e all'improvviso mi sono vendicato nel modo più semplice, più geniale! Improvvisamente ho avuto un pensiero brillante. A volte nei giorni festivi andavo sul Nevskij dopo le tre e facevo due passi sul lato soleggiato. Ossia non ci facevo affatto due passi, ma passavo innumerevoli tormenti, umiliazioni e versamenti di bile; ma di quello, è vero, avevo anche bisogno. Come un cobite di stagno sgusciavo nel modo meno elegante tra i passanti, cedendo ininterrottamente il passo ora a generali, ora a guardie di cavalleria e a ufficiali ussari, ora alle signore; provavo in questi momenti dolori convulsivi al cuore e calore alla schiena alla sola immaginazione della miseria del mio vestito, della miseria e della volgarità della mia figura che si faceva strada. Era un tormento tormentoso, un'ininterrotta insopportabile umiliazione al pensiero, che si trasformava in una sensazione continua e immediata che ero una mosca, davanti a tutta questa società, una schifosa, orrenda mosca – più intelligente di tutti, più evoluta di tutti, più nobile di tutti, s'intende – ma una mosca che cede il passo ininterrottamente a tutti, da tutti umiliata e da tutti offesa. Perché prendevo su di me questo tormento, perché andavo sul Nevskij – non lo so, ma ogni volta che mi era possibile ero semplicemente attratto lì. Allora cominciavo ormai ad avere accessi di quei piaceri, di cui parlavo già nel primo capitolo. E dopo la storia con l'ufficiale ero ancora più attratto lì: sul Nevskij lo incontravo di più, lì lo ammiravo. Anche lui ci andava spesso nei giorni di festa. Benché anche lui dovesse fare percorsi contorti davanti ai generali e davanti ai dignitari, e anche lui sgusciava come un cobite di stagno tra loro, quelli come i miei colleghi, o anche più puliti dei miei colleghi, semplicemente li schiacciava; camminava dritto contro di loro, come se avesse davanti uno spazio vuoto, e in nessun caso cedeva il passo. Mi crogiolavo nella cattiveria, guardandolo, e... incattivito davanti a lui ogni volta cambiavo strada. Ero tormentato dal fatto che nemmeno sulla via potevo essere al passo con lui. «Perché devi necessariamente essere tu il primo a cedere il passo?» insistevo a dirmi, in un'isteria frenetica, svegliandomi a volte dopo le due di notte. «Perché proprio tu, e non lui? Evidentemente non c'è nessuna legge per questo, evidentemente non sta scritto da nessuna parte! Che sia metà per uno, come succede di solito quando s'incontrano persone sensibili: metà cede lui, metà cedi tu, e passate, mostrando rispetto reciproco». Ma così non era, comunque deviavo io, e lui non si accorgeva nemmeno che io gli cedevo il passo. Ed ecco d'un tratto mi è venuto in mente un pensiero stupefacente. «E se» ho pensato «se io lo incontrassi e... non mi facessi da parte? Non mi facessi da parte apposta, anche a costo di urtarlo: ebbene, come andrebbe a finire?» Questo pensiero audace a poco a poco si impossessò talmente di me che non mi dava requie. Facevo questa fantasia ininterrottamente, orrendamente e di proposito andavo spesso sul Nevskij per figurarmi ancora meglio come l'avrei fatto, quando l'avrei fatto. Ero in estasi. Sempre più questa intenzione mi sembrava sia verosimile sia possibile. «S'intende, non proprio urtare» pensavo, già in anticipo godendo di gioia «ma solo così, semplicemente non tirarsi da parte, urtarsi, non perché faccia molto male, ma così spalla contro spalla, entro i limiti della decenza; così che quanto lui urta me io urto lui». Alla fine ero del tutto deciso. Ma i preparativi hanno richiesto moltissimo tempo. La prima cosa è che durante l'esecuzione era necessario essere nella forma più decente e prendersi cura del vestito. «Per ogni evenienza, se per esempio partisse una vicenda pubblica (e il pubblico qui è *superflu*[31]: passeggia la contessa, passeggia il principe D., tutta la letteratura passeggia), bisogna essere benvestiti; ciò ispira e ci mette subito in un certo senso al passo agli occhi dell'alta società». A questo scopo, ho chiesto lo stipendio in anticipo e mi sono comprato guanti neri e un cappello perbene da Čurkin. I guanti neri mi sembravano sia più presentabili sia più di *bon ton* rispetto a quelli color limone dove avevo messo gli occhi in un primo momento. «Il colore è troppo brusco, fa troppo uomo che vuole esporsi» e non ho preso quelli color limone. Una buona camicia, con gemelli in osso bianco, l'avevo preparata da un pezzo; ma il pastrano mi ha fatto perdere tempo. Il mio pastrano di per sé non era niente male, teneva caldo; ma era di ovatta, e il colletto era di procione, che costituiva il massimo del servilismo. Bisognava cambiare il colletto a qualunque costo e mettere un castoro, un po' da ufficiale. Per questo, mi sono messo ad andare al Gostìnyj dvor e dopo diversi tentativi ho puntato un castoro tedesco a buon mercato. Questi castori tedeschi, anche se molto presto si

---

[31] L'aggettivo francese è usato da Dostoevskij in modo improprio per significare «à la page», come aveva già fatto Gogol' nelle *Anime morte*.

consumano e assumono un aspetto misero, ma in un primo momento, da nuovi, sembrano più che decenti; evidentemente a me serviva solo per una volta. Ho chiesto il prezzo: era comunque costoso. Dopo un ragionamento fondato ho deciso di vendere il mio collo di procione.

La somma mancante e per me considerevole ho deciso di chiederla in prestito ad Antón Antónyč Sétočkin, il mio capufficio, un uomo umile, ma serio e positivo, che non ha mai prestato soldi a nessuno, ma a cui una volta, quando ero stato assunto, ero stato particolarmente raccomandato dalla persona importante che mi aveva messo lì. Soffrivo terribilmente. Chiedere soldi ad Antón Antónyč mi sembrava mostruoso e vergognoso. Non ho nemmeno dormito due o tre notti, e in generale dormivo poco allora, avevo la febbre; il cuore a un certo punto stranamente rallentava o all'improvviso si metteva a saltare, saltare, saltare!.. Antón Antónyč dapprima è rimasto sorpreso, poi si è corrucciato, poi ci ha pensato e però me li ha prestati, dopo essersi fatto dare da me una ricevuta con diritto di prelevare i soldi prestati dopo due settimane dallo stipendio. Così, tutto era finalmente pronto; un castoro bellissimo regnava al posto dello schifo di procione, e ho cominciato a poco a poco a mettermi al lavoro. Perché non mi sono potuto decidere al primo colpo, per niente; questa faccenda andava fatta con sapienza, appunto a poco a poco. Ma confesso che dopo ripetuti tentativi cominciavo anche a disperarmi: non c'era modo di urtarsi – niente da fare! Mi stavo preparando, non era mia intenzione – mi sembrava che stessimo per urtarci, guardo – e di nuovo gli ho ceduto il passo, e lui è passato senza accorgersi di me. Dicevo persino le preghiere, avvicinandomi a lui, che Dio mi desse la risolutezza. Una volta mi sembrava di essere ben deciso, ma ho finito per mettermi solo sotto i suoi piedi, perché all'ultimissimo momento, a due *veršòk*[32] di distanza, non mi è bastato il coraggio. Lui tranquillissimo mi è passato addosso, e io, come una pallina, sono rimbalzato accanto. Questa notte ero di nuovo malato febbricitante e deliravo. E d'un tratto è finita nel modo migliore possibile. La notte della vigilia mi sono definitivamente riproposto di non realizzare la mia perniciosa intenzione e di lasciare perdere tutto e a questo scopo sono andato al Nevskij per l'ultima volta, solo per vedere – come lascerò perdere tutto questo? D'un tratto, a tre passi dal mio nemico, inaspettatamente mi sono deciso, ho stretto gli occhi e – ci siamo urtati forte spalla contro spalla! Non ho ceduto di un *veršòk* e ho proceduto oltre del tutto al passo con lui! Non si è nemmeno girato e ha fatto finta di non accorgersi; ma ha fatto solo finta, ne sono sicuro. Ne sono sicuro ancora oggi! S'intende, io ho avuto il colpo più forte; lui era più forte, ma non era questo il punto. Il punto era che avevo raggiunto il mio obiettivo, mantenuto la dignità, non avevo fatto strada e mi ero messo socialmente al passo con lui. Sono tornato a casa con vendetta compiuta per tutto. Ero in estasi. Ero trionfante e cantavo arie italiane. S'intende, non vi descriverò quello che mi è successo tre giorni dopo; se avete letto il mio primo capitolo intitolato «Sottosuolo», potete indovinare da soli. L'ufficiale è stato poi trasferito da qualche parte;

---

[32] Nove centimetri.

sono quattordici anni che non lo vedo. Che farà ora, la mia colombella? Chi starà calpestando?

II

Ma stava finendo la fase della mia dissolutezza, e mi stava venendo una nausea terribile. Veniva il pentimento, lo scacciavo; la nausea era troppa. A poco a poco, però, mi sono abituato. Mi abituavo a tutto, ossia non è che mi abituassi, ma in qualche modo accettavo volontariamente di sopportare. Ma avevo una via d'uscita, che pacificava tutto, era – salvarsi nel "bello e sublime", ovviamente, nei sogni. Sognavo terribilmente, sognavo per tre mesi di fila, rannicchiato nel mio angolo, e credetemi che in questi momenti non assomigliavo al signore che, nel panico del cuore di pollo, faceva cucire un castoro tedesco al colletto del cappotto. All'improvviso ero un eroe. Al mio tenente alto due *aršin* e dieci *veršok* non avrei permesso nemmeno di farmi visita. Non riuscivo nemmeno a immaginarmelo allora. Quali fossero i miei sogni e come potessi esserne soddisfatto – è difficile dirlo ora, ma allora ne ero soddisfatto. Comunque, evidentemente anche adesso ne sono ancora in parte soddisfatto. I sogni particolarmente più dolci e più forti mi sono venuti dopo la dissolutezza, mi sono venuti col pentimento e le lacrime, con le maledizioni e gli entusiasmi. C'erano momenti di tale estasi positiva, di tale felicità, che dentro di me non si sentiva nemmeno la minima derisione, quanto è vero Dio. C'erano fede, speranza, amore. Proprio così, ciò che credevo ciecamente allora, è che per qualche miracolo, per qualche circostanza esterna

70

tutto questo d'un tratto si sarebbe esteso, ampliato; d'un tratto si sarebbe presentato un orizzonte di attività corrispondente, benefica, bella e, soprattutto, del tutto pronta (quale – non l'ho mai saputo, ma soprattutto – del tutto pronta), e così sarei apparso d'un tratto alla luce di Dio, per poco non su un cavallo bianco e con una corona d'alloro. Un ruolo secondario non riuscivo nemmeno a concepirlo ed ecco proprio per questo nella realtà occupavo tranquillamente l'ultimo. O eroe, o fango, non c'era via di mezzo. È proprio stato questo a rovinarmi, perché nel fango mi consolavo con il fatto che in un altro tempo ero un eroe, e l'eroe si copriva di fango: una persona ordinaria, diciamo, si vergogna a infangarsi, ma un eroe è troppo alto per infangarsi completamente, di conseguenza si può infangare. È notevole che questi accessi di "tutto ciò che è bello e sublime" mi venissero anche durante la dissolutezza, e proprio quando ero già proprio sul fondo, venivano così, a vampatine distinte, come per rammentarmi a proposito di me stesso, ma non scacciavano, tuttavia, la dissolutezza con la loro comparsa; al contrario, sembravano ravvivarla per contrasto e venivano esattamente tanto quanto era necessario per una buona salsa. La salsa qui consisteva in contraddizioni e sofferenze, in tormentose analisi interne, e tutti questi tormenti e martìri procuravano un po' di piccantezza, anche senso alla mia dissolutezza, in una parola, svolgevano pienamente il ruolo di buona salsa. Tutto questo non era nemmeno privo di un po' di profondità. E avrei potuto accettare una semplice, volgare, diretta, dissolutezza da scrivano e sopportare su di me tutto questo fango! Cosa avrebbe potuto lusingarmi e attirarmi di notte nella via? Nossignori, avevo una scappatoia nobile per tutto...

Ma quanto amore, Dio, quanto amore ho vissuto, a volte, in questi miei sogni, in queste "salvezze in tutto il bello e sublime": sebbene amore fantastico, sebbene mai a nulla di umano in realtà si sia applicato, ma tanto ce n'è stato, di questo amore, che poi, di fatto, non sentivo nemmeno il bisogno di applicarlo: sarebbe stato un lusso superfluo. Tutto, comunque, in modo assai felice finiva con un passaggio pigro e inebriante all'arte, ossia alle forme belle di esistenza, già pronte, brutalmente rubate a poeti e romanzieri e adattate a tutti i tipi di servizi e requisiti. Io, per esempio, trionfo su tutti; tutti sono, naturalmente, in cenere e sono costretti a riconoscere volontariamente tutte le mie perfezioni, e io li perdono tutti. Mi innamoro, essendo un famoso poeta e ciambellano; ne ricevo innumerevoli milioni e li sacrifico immediatamente al genere umano, e mi confesso subito davanti a tutti nella mie vergogne, che, ovviamente, non sono solo vergogne, ma contengono moltissimo "bello e sublime", un po' alla Manfred[33]. Tutti piangono e mi baciano (altrimenti che stupidi sarebbero), e io vado scalzo e affamato a predicare nuove idee e a sconfiggere i retrogradi ad Austerlitz[34]. Poi si suona una marcia, viene emessa un'amnistia, il

---

[33] Protagonista del poema di Byron (1817), in cui si rifletteva la filosofia del dolore del mondo.
[34] Il protagonista immagina di essere Napoleone I.

papa accetta di lasciare Roma per il Brasile[35]; poi un ballo per tutta l'Italia a Villa Borghese, che si trova sulle rive del lago di Como, dato che il lago di Como viene trasferito apposta a Roma per questa occasione[36]; poi una scena tra i cespugli, ecc. ecc. – come se non lo sapeste? Direte che è volgare e vigliacco mettere tutto in piazza ora, dopo tanta estasi e lacrime, che io stesso ho confessato. Perché è vigliacco, signori? Pensate davvero che mi vergogni di tutto questo e che tutto questo sia più stupido di qualsiasi cosa della vostra vita, signori? E poi, credetemi, avevo qualcosa di scritto niente male... Non tutto accadeva sul lago di Como. Comunque, avete ragione; effettivamente, è sia volgare sia vigliacco. E più vigliacco di tutto è che adesso mi sono messo a giustificarmi davanti a voi. E ancora più vigliacco è il fatto che io adesso faccia questa osservazione. Ma basta, però, se no evidentemente non finirà mai: tutto sarà sempre più vigliacco...

Per più di tre mesi di fila non sono stato in grado di fare nessuna fantasia e ho cominciato a sentire un bisogno irresistibile di tuffarmi nella società. Tuffarmi nella società significava per me andare a fare visita al mio capoufficio, Antón Antónyč Sétočkin. È stato l'unico conoscente durato tutta la mia vita, e ora sono persino sorpreso da questa

---

[35] Il conflitto tra Napoleone e Pio VII, in seguito al quale Napoleone fu scomunicato nel 1809, e per cinque anni Pio VII fu di fatto prigioniero di Napoleone, si concluse nel 1814 col ritorno del papa a Roma.
[36] Allusione ai festeggiamenti per il compleanno di Napoleone il 15 agosto 1806.

circostanza. Ma andavo da lui solo quando veniva quella fase, e i miei sogni raggiungevano una felicità tale che sentivo il bisogno di abbracciare necessariamente e immediatamente le persone e tutta l'umanità; e per fare questo dovevo avere almeno una persona in presenza, davvero esistente. Da Antón Antónyč bisognava, comunque, andarci di martedì (il suo giorno), e di conseguenza la necessità di abbracciare tutta l'umanità doveva sempre essere limitata al martedì. Questo Antón Antónyč abitava ai Cinque Angoli[37], al terzo piano e in quattro camerette, basse e sempre più piccole, dall'aspetto più economico e giallognolo. Aveva due figlie e la loro zia, che versava il tè. Le figlie – una aveva tredici, mentre l'altra quattordici anni – avevano entrambe un nasino francese, e io ero terribilmente imbarazzato da loro, perché continuavano a sussurrare tra loro e a ridacchiare. Il padrone di casa stava di solito in studio, sul divano in pelle, di fronte alla scrivania, insieme a qualche ospite dai capelli grigi, un funzionario del nostro reparto o anche di uno esterno. Più di due o tre ospiti, e sempre gli stessi, non ho mai visto lì. Discutevano dell'accisa sugli alcolici, delle gare d'appalto al Senato, dello stipendio, di promozioni, di sua eccellenza, del modo di piacergli e così via. Avevo la pazienza di stare seduto come un cretino accanto a queste persone per quattro ore e di ascoltarle, senza osare né saper parlare con loro di nulla. Ero passivo, in certi casi mi mettevo a sudare, sopra di me

---

[37] Incrocio tra Zagorodnyj prospekt, Černyšev pereulok (attuale via Lomonosov), via Raz"ezžaâ e via Troickaâ (attuale via Rubinštejn).

aleggiava la paralisi; ma era buono e utile. Tornando a casa, per un po' rimandavo il mio desiderio di abbracciare l'intera umanità.

Avevo, comunque, anche un altro conoscente, Sìmonov, un mio ex compagno di scuola. Di compagni di scuola ne avrò avuti anche tanti a Pietroburgo, ma io con loro non uscivo e avevo anche smesso di salutarli nella via. Io, forse, mi ero trasferito in un altro reparto per non stare insieme con loro e tagliare di colpo con tutta la mia odiata infanzia. Maledetta questa scuola, questi terribili anni di lavori forzati! In breve, ho subito rotto con i miei compagni, non appena c'è stata la liberazione dalla schiavitù. Rimanevano due o tre persone con le quali mi salutavo ancora, quando le incontravo. Tra loro c'era anche Sìmonov, che a scuola non si distingueva in nessun modo, era tranquillo e silenzioso, ma in lui individuavo una certa indipendenza di carattere e perfino onestà. Non credo nemmeno che fosse troppo limitato. Ho avuto alcuni momenti piuttosto luminosi con lui, ma non sono durati a lungo e d'un tratto un giorno si sono avvolti nella nebbia. Lui, evidentemente, era appesantito da questi ricordi, e, a quanto sembra, aveva sempre paura che ricadessi nell'atteggiamento di un tempo. Sospettavo di fargli molto schifo, ma andavo comunque da lui, non ne ero del tutto sicuro.

Poi un giorno, un giovedì, non sopportando la mia solitudine e sapendo che giovedì la porta di Antón Antónyč era chiusa, mi sono ricordato di Sìmonov. Mentre salivo da lui al terzo piano, pensavo proprio che questo signore mi trovasse pesante e che facevo male ad andare. Ma dato che finiva sempre che tali considerazioni, manco a farlo apposta, mi spingevano ancora di più a immischiarmi in una situazione ambivalente, sono entrato. Era passato quasi un anno dall'ultima volta che avevo visto Sìmonov.

III

Ho trovato da lui altri due miei compagni di scuola. Stavano discutendo, evidentemente, un caso importante. Al mio arrivo nessuno di loro ha prestato quasi nessuna attenzione, il che era perfino strano, perché non li vedevo da anni. Evidentemente, mi consideravano qualcosa di simile alla più banale delle mosche. Nemmeno a scuola mi maltrattavano, anche se lì tutti mi odiavano. Io, naturalmente, mi rendevo conto che loro adesso dovevano disprezzarmi per l'insuccesso della mia carriera e per il fatto che mi ero già lasciato andare così tanto, andavo in giro con un vestito brutto, ecc., che ai loro occhi era un segno della mia incapacità e del mio scarso significato. Ma tuttavia non mi aspettavo un disprezzo fino a questo punto. Sìmonov era perfino sorpreso dal mio arrivo. Anche prima sembrava sempre essere sorpreso dal mio arrivo. Tutto questo mi lasciava perplesso; mi sono seduto in preda all'angoscia e mi sono messo ad ascoltare quello di cui stavano discutendo.
Discutevano in modo serio e addirittura acceso di una cena d'addio, che questi signori volevano organizzare l'indomani, insieme, per il compagno Zverkóv, che faceva l'ufficiale, ed era stato trasferito in una zona lontana del governatorato. Messié[38] Zverkóv era stato sempre anche compagno mio. Ho cominciato a odiarlo

------

[38] Monsieur, pronunciato alla russa.

particolarmente dalle superiori. Alle elementari era solo un ragazzo carino, vivace, a cui tutti volevano bene. Io, comunque, lo odiavo già alle elementari, e proprio per il fatto che era un ragazzo carino e vivace. Non studiava costantemente mai e più andava avanti, peggio era; tuttavia si è diplomato con voti alti, perché era raccomandato. Nell'ultimo anno di scuola ha ereditato duecento anime, e dato che eravamo quasi tutti poveri, si è messo a darsi delle arie. Era un volgarotto di sommo grado, ma, tuttavia, era un bravo ragazzo, anche quando si dava delle arie. E da noi, a dispetto delle forme esteriori, fantastiche e da *phraseur* di onore e ambizione, tutti, tranne pochissimi, leccavano i piedi a Zverkóv, tanto più quando si dava delle arie. E non per un vantaggio gli leccavano i piedi, ma così, perché era una persona favorita dai doni di natura. Inoltre in qualche modo era consuetudine per noi considerare Zverkóv un esperto di furbizia e buone maniere. Quest'ultima cosa mi faceva particolarmente indemoniare. Io odiavo il suono acuto, privo di dubbi su sé stesso della sua voce, l'adorazione delle proprie battute, che gli venivano terribilmente stupide, anche se usava un linguaggio anche audace; io odiavo la sua faccia bella ma stupida (con la quale avrei scambiato, comunque, volentieri la mia intelligente) e i trucchetti maleducati da ufficiali degli anni Quaranta. Io odiavo quello che raccontava sui suoi futuri successi con le donne (era titubante a iniziare con le donne senza avere ancora le spalline da ufficiale, e le aspettava con impazienza) e su come sarebbe andato a duello ogni momento. Ricordo che io, sempre dentro di me, d'un tratto ho litigato con Zverkóv, quando lui, discutendo una volta nel suo tempo libero con i compagni sull'imminente avventura erotica e fantasticando alla fine come un cucciolo al sole, d'un tratto ha dichiarato che non avrebbe privato di attenzioni nessuna fanciulla del suo paese, che questo era *ius primae noctis*, e che i mužikì, se avessero osato protestare, li avrebbe trapassati, canaglie barbute, e gli avrebbe fatto pagare due volte il canone. I nostri cafoni hanno applaudito, io invece ho attaccato lite e non certo per una pietà per le fanciulle e i loro padri, ma semplicemente per il fatto che applaudivano così a una caccola del genere. Io quella volta ho avuto la meglio, ma Zverkóv, benché stupido, era però allegro e audace, e quindi mi ha deriso tanto che io, per la verità, non ho nemmeno avuto la meglio: le risate rimanevano dalla sua parte. Dopo mi ha battuto ancora varie volte, però senza cattiveria, ma così, per scherzo, di passaggio, ridendo. Incattivito e sprezzante non gli ho risposto. Alla fine della scuola ha fatto un passo verso di me; non ho opposto molta resistenza, perché ero lusingato; ma presto e in modo naturale ci siamo separati. Poi ho sentito dei suoi successi da tenente di caserma, di come si dava all'ebbrezza. Poi ci sono state altre voci – sui suoi successi di carriera. Nella via non mi salutava più, e sospettavo che avesse paura di compromettersi salutando una persona insignificante come me. L'ho visto anche una volta a teatro, nella terza galleria, già con le *aiguillette*. Si contorceva e si piegava davanti alle figlie di un antico generale. Dopo tre anni si era molto rincagnato, anche se come prima era abbastanza bello e furbo; in qualche modo si era gonfiato, cominciava a ingrassare; era ovvio che verso i trent'anni si sarebbe completamente imbolsito. Ecco proprio a questo Zverkóv che finalmente se ne partiva volevano organizzare un pranzo i nostri compagni. Loro costantemente per tutti e tre gli anni erano usciti con lui, anche se loro, interiormente, non si consideravano al passo con lui, ne sono sicuro.

Dei due ospiti di Sìmonov uno era Ferfičkin, russo di origine tedesca – basso di statura, con la faccia da scimmia, uno sciocco che derideva tutti, il mio peggior nemico fin dai tempi delle elementari, vigliacco, sfacciato, fanfarone che recitava l'ambiziosità più delicata, anche se, s'intende, era un pauroso nell'anima. Era uno di quegli ammiratori di Zverkóv, che facevano i simpatici con lui per mantenere le apparenze e spesso gli chiedevano soldi in prestito. L'altro ospite di Sìmonov, Trudolûbov, era una personalità insignificante, un militare, alto di statura, con la faccia algida, abbastanza onesto, ma ammirato di qualsiasi successo e in grado di parlare solo di promozioni. Di Zverkóv era lontano parente, e questo, stupido a dirsi, gli conferiva tra noi una certa importanza. Me, costantemente, non mi considerava per nulla; e mi trattava in modo non molto cortese, ma sopportabile.

«Beh, se ci mettiamo sette rubli a testa» diceva Trudolûbov, «noi tre, con ventuno rupie – possiamo fare un buon pranzo. Zverkóv, ovviamente, non paga».

«Ma certo, se lo invitiamo noi» ha deciso Sìmonov.

«Possibile che pensiate» s'è intromesso arrogante e ardito Ferfičkin, sfrontato come un cameriere

che si vanta delle stellette del generale suo bàrin[39]
«possibile che pensiate che Zverkóv lasci pagare
noi? Dirà di sì per beneducazione, ma però ne
tirerà fuori sei per la sua parte».
«Bah, che ce ne facciamo in quattro di sei rubli»
ha osservato Trudolûbov, che aveva prestato
attenzione solo al numero sei.
«Dunque tre, con Zverkóv quattro, ventun rubli
all'*Hôtel de Paris*, domani alle cinque» ha concluso
definitivamente Sìmonov, che era stato scelto
come organizzatore.
«Come sarebbe ventuno?» ho detto io un po'
agitato, perfino, evidentemente, offeso «se si
conta anche me, non fa ventuno, ma ventotto
rubli».
Mi sembrava che offrirsi all'improvviso e in
modo così inatteso fosse perfino molto carino, e
che loro dovessero subito sentirsi sconfitti e che
mi avrebbero guardato con rispetto.
«Perché, volete anche voi?» ha osservato
Sìmonov con dispiacere, evitando in qualche
modo di guardarmi. Mi conosceva a memoria.
Ero indemoniato che mi conoscesse a memoria.
«E per quale motivo, signori? Evidentemente, mi
sembra, sono anch'io un suo compagno e,
confesso, trovo perfino offensivo che mi abbiate
trascurato» ho borbottato di nuovo.
«E dove avremmo dovuto cercarvi?» si è
intromesso rozzamente Ferfičkin.
«Avete sempre avuto da ridire con Zverkóv» ha
aggiunto Trudolûbov corrucciandosi. Ma io
ormai mi ero avvinghiato e non mollavo.

---

[39] Uomo che non fa lavori di fatica, signore, in
contrapposizione a mužìk.

«Mi sembra che su questo nessuno abbia diritto di giudicare» ho ribattuto io con la voce tremante, come se Dio sa cosa fosse successo. «Magari il motivo per cui adesso lo voglio è proprio che un tempo avevo da ridire con lui».
«Uh, a capirvi, però... queste grandiosità...» ridacchiava Trudolûbov.
«Vi aggiungeranno» ha deciso rivolto a me Sìmonov «domani alle cinque, all'*Hôtel de Paris*; non vi sbagliate».
«I soldi!» ha cominciato Ferfičkin sottovoce, accennando a me guardando Sìmonov, ma si è bloccato, perché perfino Sìmonov era imbarazzato.
«Basta» ha detto Trudolûbov, alzandosi. «Se davvero ce n'ha così tanta voglia, che venga».
«Ma è chiaro che noi abbiamo il nostro giro, di conoscenti» si è incattivito Ferfičkin, cercando anche il cappello. «Questa non è una riunione ufficiale. Magari noi, ipoteticamente, potremmo anche non volervi affatto...»
Se ne sono andati; Ferfičkin, andandosene, non mi ha affatto salutato, Trudolûbov mi ha fatto a malapena un cenno, senza guardare. Sìmonov, con il quale sono rimasto faccia a faccia, era in una sorta di sconcerto irritato e mi guardava in modo strano. Non si sedeva e non mi invitava a farlo.
«Hmmm... bene... allora a domani. I soldi, pensate di darmeli adesso? Lo dico solo per saperlo per certo» ha borbottato imbarazzato.
Sono avvampato, ma, avvampando, mi è venuto in mente che da tempo immemorabile dovevo a Sìmonov quindici rubli, cosa che, comunque, non avevo mai dimenticato, ma non li avevo restituiti mai.

«Converrete anche voi, Sìmonov, che non potevo sapere, entrando qui... e mi dà molto fastidio essermi dimenticato...»

«Va bene, bene, non importa. Pagherete domani dopopranzo. Evidentemente lo chiedevo solo per sapere... Voi, per favore...»

Si è interrotto e si è messo a camminare per la stanza con ancora più fastidio. Camminando, ha cominciato a mettersi sui tacchi e così facendo a pestare di più.

«Vi sto trattenendo?» ho chiesto dopo due minuti di silenzio.

«Oh no!» si è riscosso d'un tratto «ossia, in verità sì. Vedete, devo ancora fare un salto... Qui non lontano...» ha aggiunto con voce come di scusa e in parte vergognandosi.

«Oh, mio Dio! Come mai non me lo di-te!» ho gridato io, afferrando il berretto, con un'aria, comunque, sorprendentemente, disinvolta, Dio solo sa da dove veniva.

«Evidentemente non è lontano... È qui a due passi...» ripeteva Sìmonov, accompagnandomi in anticamera con un'aria indaffarata che non gli si addiceva proprio. «Allora domani alle cinque in punto!» mi ha gridato sulle scale: era proprio molto contento che me ne andassi. Io invece ero indemoniato.

«Aveva proprio un gran bisogno, un gran bisogno di fare un salto fuori!» digrignando i denti, camminavo nella via «questo vigliacco, poi, maialino, Zverkóv! È evidente che non ci devo andare; è evidente che se ne frega: perché, sono forse costretto, per caso? Domani stesso informerò Sìmonov per posta metropolitana[40]...

Ma proprio per questo ero indemoniato, perché sapevo che probabilmente ci sarei andato; che ci sarei andato apposta; e più era indelicato, più era maleducato andarci, più era probabile che ci andassi.

E c'era anche un ostacolo concreto ad andare: non avevo soldi. Avevo nove rubli in tutto. Ma di questi sette dovevo darli l'indomani come stipendio mensile ad Apollón, il mio servo, che viveva da me per sette rubli, vitto a suo carico.

Non darglieli era impossibile, a giudicare dal carattere di Apollón. Ma di questa canaglia, di questa mia piaga, parlerò un altro giorno.

Ciò nonostante evidentemente sapevo che non glieli avrei dati comunque, e che ci sarei andato di certo.

Questa notte ho fatto dei sogni terribili. Non desta meraviglia: tutta la sera mi opprimevano i ricordi degli anni di lavori forzati della mia vita scolastica, e non riuscivo a liberarmene. Mi avevano piazzato in questa scuola i miei parenti lontani, dai quali dipendevo e dei quali da allora non ho più avuto nessuna notizia – avevano piazzato l'orfano, già imbottito dei loro rimproveri, già pieno di pensieri, taciturno, che si guardava intorno con aria selvatica. I miei compagni mi hanno accolto prendendomi in giro in modo cattivo e spietato perché non assomigliavo a nessuno di loro. Ma non potevo sopportare le prese in giro; non riuscivo ad

---

[40] Fondata nel 1829 a Pietroburgo. 42 negozi situati agli incroci affollati fungevano da punti di smistamento.

adattarmi così facilmente, come loro si erano adattati uno all'altro. Li ho odiati all'istante tutti e mi sono trincerato dietro un orgoglio spaventato, ferito e smisurato. La loro maleducazione mi indignava. Cinicamente mi ridevano in faccia, per la mia figura insaccata; eppure che facce stupide che avevano loro! Nella nostra scuola, le espressioni delle facce erano in qualche modo particolarmente stupide e degeneri. Quanti bei bambini arrivavano da noi. Dopo alcuni anni diventava disgustoso anche solo guardarli. Già a sedici anni, ero cupamente sbalordito di loro; già allora ero esterrefatto dalla piccineria del loro pensiero, dalla stupidità delle loro attività, dei giochi, dei discorsi. Non capivano cose così necessarie, non si interessavano a materie così piene di ispirazione, suggestive, che senza volerlo ho cominciato a considerarli inferiori a me. Non è stata la vanità offesa a spingermi a farlo, e, quanto è vero Dio, non venite a farmi le solite nauseanti obiezioni: «che io non facevo che sognare, mentre loro avevano già allora capito la vita reale». Non capivano niente, nessuna vita reale, e, lo giuro, è proprio questo che di loro mi indispettiva ancora di più. Al contrario, la realtà più ovvia, sgradevole agli occhi, la prendevano in modo fantasticamente stupido e già allora erano abituati a venerare il solo successo. Tutto ciò che era giusto, era però umiliato e massacrato, lo deridevano vergognosamente con cuore crudele. Il grado lo prendevano per ingegno; a sedici anni discutevano già dei posti più redditizi. Naturalmente, molto qui era dovuto alla stupidità, al cattivo esempio, che incessantemente li aveva circondati nell'infanzia e nell'adolescenza. Erano dissoluti fino alla deformità. S'intende, anche qui c'era più esteriorità, più ostentato cinismo; s'intende, la giovinezza e una certa freschezza balenavano anche in loro perfino da dietro la dissolutezza; ma era poco attraente in loro perfino la freschezza e si manifestava in una certa presa in giro. Li odiavo terribilmente, anche se magari ero peggio di loro. Loro mi ripagavano allo stesso modo e non mi nascondevano il loro disgusto per me. Ma io ormai non desideravo il loro amore; al contrario, bramavo costantemente la loro umiliazione. Per evitare le derisioni, apposta ho cominciato a studiare meglio che potevo e sono arrivato nel novero dei primissimi. È stata un'ispirazione per loro. Perdipiù tutti loro hanno cominciato a poco a poco a capire che ormai leggevo libri che loro non erano in grado di leggere, e che capivo anche cose (che non rientravano nel programma del nostro corso specifico) di cui non avevano nemmeno sentito parlare. Guardavano alla cosa in modo assurdo e derisorio, ma moralmente si sottomettevano, tanto più che perfino gli insegnanti prestavano attenzione a me a questo riguardo. Le derisioni sono cessate, ma è rimasta l'ostilità, e si sono instaurati rapporti freddi, tesi. Verso la fine ero io a non farcela: con gli anni si sviluppava in me l'esigenza di persone, di amici. Io provavo a cominciare ad avvicinarmi ad alcuni; ma sempre questo avvicinamento veniva innaturale e così si esauriva da sé. Una volta avevo una specie di amico. Ma io ero già un despota nell'anima; volevo possedere in modo illimitato la sua anima; volevo inculcarle il disprezzo per l'ambiente circostante; pretendevo da lui un'altezzosa e definitiva rottura con questo ambiente. Lo spaventavo con la mia amicizia appassionata; lo portavo fino alle lacrime, fino alle convulsioni; era un'anima ingenua e capace di abbandonarsi; ma quando mi si è abbandonato tutto, io l'ho subito odiato e l'ho respinto da me – come se mi servisse solo per riportare una vittoria su di lui, solo per sottometterlo. Ma non potevo vincere tutti; il mio amico poi non somigliava a nessuno di loro e rappresentava una rarissima eccezione. La prima cosa che ho fatto appena finita la scuola è stata lasciare l'impiego speciale a cui ero destinato, per spezzare tutti i fili, maledire il passato e ricoprirlo di polvere... E lo sa il diavolo perché dopo mi sono trascinato da questo Sìmonov!..

La mattina presto mi sono alzato in fretta dal letto, sono scattato in piedi agitato, come se tutto questo cominciasse fin da subito. Ma io ero convinto che avvenisse e avvenisse necessariamente oggi stesso una svolta radicale nella mia vita. Per la disabitudine, forse, ma a me per tutta la vita, in occasione di ogni avvenimento esteriore, per quanto minimo, mi sembrava sempre che proprio adesso sarebbe venuta una svolta radicale nella mia vita. Io, del resto, sono andato in ufficio come al solito, ma sono scappato a casa due ore prima, per prepararmi. L'essenziale, pensavo, era non arrivare per primo, altrimenti avrebbero pensato che fossi molto contento. Ma di queste cose essenziali ce n'erano migliaia, mi agitavano fino a privarmi delle forze. Con le mie mani mi sono lucidato ancora una volta gli stivali; Apollón per nulla al mondo me li avrebbe lucidati due volte in un giorno, trovandolo contrario all'ordine. Così me li sono lucidati io, rubando le spazzole dall'anticamera, perché lui non se ne accorgesse e non avesse modo poi di disprezzarmi. Quindi ho esaminato dettagliatamente il mio vestito e ho trovato che fosse tutto vecchio, liso, consunto. Sono troppo sciatto. Magari l'uniforme di servizio era anche in ordine, ma non potevo certo andare a pranzo in uniforme. E soprattutto sui pantaloni, proprio sul ginocchio c'era un'enorme macchia gialla. Presentivo che già soltanto questa macchia mi avrebbe tolto nove decimi della mia dignità. Sapevo anche che era molto meschino pensare così. «Ma non è questo il momento per pensare; ora arriva la realtà» pensavo e mi perdevo d'animo. Sapevo anche perfettamente, già allora, che stavo mostruosamente esagerando tutti questi fatti; ma cosa potevo farci: ormai non riuscivo più a dominarmi, e mi faceva tremare la febbre. Con disperazione mi immaginavo come dall'alto in basso e con freddezza mi avrebbe accolto questo «mascalzone» Zverkóv; con quale ottuso, irresistibile disprezzo mi avrebbe guardato quello stupido di Trudolûbov; il modo schifoso e insolente con cui avrebbe ridacchiato di me quella caccola di Ferfičkin, per compiacere Zverkóv; quanto bene avrebbe capito dentro di sé tutto questo Sìmonov e come mi avrebbe disprezzato per la bassezza della mia vanità e pusillanimità e, soprattutto – come tutto questo sarebbe stato misero, poco letterario, prosaico. Naturalmente, meglio di tutto sarebbe stato non andare affatto. Ma proprio questo era più impossibile di tutto: quando ormai cominciava ad attirarmi, mi ci ero immischiato tutto, con la testa. Altrimenti mi sarei sfottuto per tutta la vita dopo: «Ma guarda, hai avuto paura, hai avuto paura della realtà, hai avuto paura!» Al contrario, volevo appassionatamente dimostrare a tutta questa "plebaglia" che io non ero affatto quel pauroso che io stesso m'immaginavo. Non solo quello: nell'estremo parossismo della mia febbre da paura sognavo di avere la meglio, di vincerli, di accattivarli, di costringerli a volermi bene – se non altro «per l'elevatezza dei pensieri e per l'indubbia arguzia». Avrebbero mollato Zverkóv, se ne sarebbe rimasto seduto in disparte, zitto e svergognato, e io avrei schiacciato Zverkóv. Poi, magari, avrei fatto la pace con lui e avrei bevuto al nostro darci del tu, ma quel che più mi esasperava e offendeva era che allora stesso sapevo, sapevo del tutto e con certezza, che in sostanza non avevo bisogno di nulla di tutto questo, che, in sostanza, io non desideravo affatto schiacciarli, soggiogarli, attirarli, e che per tutto questo risultato, se mai lo avessi ottenuto, io stesso, per primo, non avrei dato un soldo. Oh, come pregavo Dio che passasse al più presto questo giorno! In un'inesprimibile angoscia mi avvicinavo al vetro, aprivo la finestrella e scrutavo la torbida foschia della neve bagnata che cadeva fitta...

Finalmente alla mia misera pendola da parete sfrigolarono le cinque. Ho afferrato il cappello e, cercando di non guardare Apollón – che già dal mattino continuava ad aspettarsi da me che gli pagassi lo stipendio, ma per orgoglio non voleva parlare per primo – gli sono scivolato accanto oltre la porta e sull'equipaggio di lusso che avevo ordinato apposta con l'ultimo mezzo rublo, sono andato come un bàrin all'*Hôtel de Paris*.

IV

Già alla vigilia sapevo che sarei arrivato per primo. Ma ormai non si trattava di primeggiare. Non solo non c'era nessuno di loro, ma io ho fatto perfino fatica a trovare la nostra sala. La tavola era ancora non del tutto apparecchiata. Che cosa voleva dire? Dopo molte indagini ho saputo finalmente dai camerieri che la prenotazione era per le sei, e non per le cinque Me lo hanno confermato al buffet. Mi vergognavo perfino a chiedere. Erano ancora solo le cinque e venticinque. Se avevano cambiato l'ora, in ogni caso dovevano avvisarmi, a quello serve la posta metropolitana, e non espormi alla "vergogna" sia davanti a me stesso sia... sia davanti ai camerieri. Mi sono seduto; un cameriere ha cominciato ad apparecchiare; in sua presenza mi sentivo ancora più offeso. Per le sei, oltre alle lampade accese, nella sala hanno portato le candele. Il cameriere però non ha pensato di portarle subito, quando ero arrivato io. Nella sala vicina pranzavano, a tavoli diversi, due clienti cupi, dall'aria arrabbiata e in silenzio. In una delle sale lontane c'era molto rumore; gridavano addirittura; si sentiva la risata di un'intera orda di persone; si sentivano degli sgradevoli strilli in francese: il pranzo era con le signore. In una parola, era molto nauseante. Raramente avevo passato un momento più schifoso, e quindi quando loro, alle sei in punto, sono comparsi tutti insieme, io, in un primo momento, mi sono rallegrato di loro come di liberatori e per poco non mi sono dimenticato che ero costretto a fare l'aria offesa.

Zverkóv è entrato davanti a tutti, con evidenza era il condottiero. Sia lui sia tutti loro ridevano; ma, vedendomi, Zverkóv si è ricomposto, s'è avvicinato senza fretta, chinandosi un po' sulla vita, come con civetteria, e mi ha dato la mano, tenero, ma non troppo, con una cortesia un po' cauta, quasi da generale, come se, dandomi la mano, si proteggesse da qualcosa. Io immaginavo, al contrario, che lui, appena entrato, sarebbe scoppiato a ridere nella sua risata di un tempo, acuta e a gridolini, e che fin dalle primissime parole partissero i suoi scherzi e le sue battute insulse. Io mi ci ero preparato fin dalla sera prima, ma non mi aspettavo in alcun modo tale altezzosità, tale tenerezza condiscendente. Quindi, ormai si considerava adesso del tutto incommensurabilmente superiore a me sotto tutti i punti di vista? Se solo voleva offendermi con questa aria da generale, non era ancora niente, pensavo; me ne sarei infischiato, in un modo o nell'altro. Ma e se, in realtà, senza alcun desiderio di offendere, nella sua testona di montone era strisciata sul serio l'ideuzza di essere incommensurabilmente superiore a me e che poteva guardare a me non altrimenti che con aria di protezione? A questa sola supposizione cominciavo già a soffocare.

«Ho appreso con stupore il vostro desiderio di essere dei nostri» ha cominciato, biascicando e sussurrando, e strascicando le parole, come prima non faceva.

«Chissà come, non ci siamo mai più visti. Voi ci evitate. Fate male. Non siamo così spaventosi come vi sembra. Ebbene, signori, in ogni caso sono lieto di rin-no-va-re...»

E si è girato con noncuranza per posare il cappello sulla finestra.

«È molto che aspettate?» ha domandato Trudolûbov.

«Sono arrivato alle cinque in punto, come mi era stato fissato ieri» ho risposto ad alta voce e con un'irritazione che prometteva un'imminente esplosione.

«Ma non gli hai fatto sapere che avevamo cambiato l'orario?» Trudolûbov si è rivolto a Sìmonov.

«No. Me ne sono dimenticato» ha risposto quello, ma senza alcun rimorso e, senza nemmeno scusarsi con me, è andato a ordinare i *zakuski*[41].

«Così siete qui già da un'ora, oh, povero!» ha esclamato derisorio Zverkóv, perché, nella sua concezione, questo doveva essere davvero terribilmente ridicolo. Dopo di lui, con la sua vocetta vile, squillante come un cagnolino, è scoppiato a ridere quel vigliacco di Ferfičkin. Anche a lui la mia situazione è sembrata ridicola e imbarazzante.

«Non c'è niente da ridere!» ho gridato a Ferfičkin, arrabbiandomi sempre di più. «La colpa è degli altri, non mia. Non si sono dati pena di farmelo sapere. Questo... questo... questo... è semplicemente assurdo».

«Non solo è assurdo, ma anche qualcos'altro» brontolò Trudolûbov, intercedendo ingenuamente per me. «Voi siete anzi troppo tenue. È semplicemente sgarbato. Naturalmente, non intenzionale. E come ha potuto Sìmonov... hmm!»

---

[41] Stuzzichini per accompagnare il consumo di vodka.

«Se questo tiro l'avessero giocato a me» ha notato Ferfìčkin «io...»

«Ma potevate ordinare qualcosa» l'ha interrotto Zverkóv «o semplicemente comandare il pranzo senza aspettarci».

«Converrete che avrei potuto farlo senza chiedere il permesso a nessuno» ho troncato io. «Se ho aspettato, è perché...»

«Sediamoci, signori» ha gridato Sìmonov entrando, «è tutto pronto; rispondo io dello champagne, ghiacciato alla perfezione... Evidentemente io non sapevo il vostro indirizzo, dove potevo rintracciarvi?» s'è rivolto d'un tratto a me, ma di nuovo come senza guardarmi. È evidente che aveva qualcosa contro di me. Evidentemente, dopo quello che era successo ieri ci aveva ripensato.

Tutti si sono seduti; mi sono seduto anch'io. Il tavolo era rotondo. Alla mia sinistra è capitato Trudolûbov, alla destra Sìmonov. Zverkóv si è seduto di fronte; Ferfìčkin accanto, fra lui e Trudolûbov.

«Di-i-i-te-mi, voi... lavorate in un dipartimento?» continuava a occuparsi di me Zverkóv. Vedendomi imbarazzato, si immaginava seriamente di dovermi vezzeggiare e, per così dire, rincuorare. «Cos'è, vuole che gli lanci una bottiglia?» pensavo indemoniato. Mi arrabbiavo, per la disabitudine, con rapidità innaturale.

«Nella cancelleria di...» ho risposto a scatti, guardando nel piatto.

«E... v-ve ne av-v-vantaggiate? Di-itemi, che cosa vi ha indo-otto a lasciare il posto di prima?»

«Mi ha indo-o-o-tto il fatto che mi è venuta voglia di lasciare il posto di prima» ho strascicato il triplo, ormai quasi incapace di dominarmi.

Ferfičkin ha trattenuto un risolino. Sìmonov mi guardava ironicamente; Trudolûbov ha smesso di masticare e ha preso a osservarmi con curiosità.

Zverkóv è trasalito, ma non voleva accorgersene.

«Ebb-e-ene, e com'è il vostro trattamento?»

«Quale trattamento?»

«Cioè lo s-stipendio?»

«Ma cos'è, un esame?»

Del resto, ho dichiarato subito quanto ricevevo di stipendio. Ero terribilmente arrossito.

«Modesto» ha osservato con aria d'importanza Zverkóv.

«Sissignori, c'è poco da pranzare al caffè-ristorante!» ha aggiunto sfacciato Ferfičkin.

«Secondo me, così è semplicemente misero», ha osservato serio Trudolûbov.

«E come siete dimagrito, come siete cambiato... da allora...» ha aggiunto Zverkóv, ormai non senza veleno, con una sorta di commiserazione sfacciata, osservando me e il mio vestito.

«Ma basta metterlo in imbarazzo» ridacchiando ha gridacchiato Ferfičkin.

«Egregio signore, sappiate che io non mi imbarazzo» sono sbottato alla fine «mi sentite? Io pranzo qui, "al caffè-ristorante", con i soldi miei, con i miei, e non con quelli altrui, notate bene, monsieur Ferfičkin».

«Ma co-ome! e chi sarebbe che qui non pranza con i soldi suoi? Mi pare che voi...» s'è intromesso Ferfičkin, arrossendo come un gambero e guardandomi negli occhi inviperito.

«Eh già-à» ho risposto io, sentendo di essermi spinto troppo in là «suppongo che sia meglio impegnarci in una conversazione più intelligente».

«Voi, a quanto pare, avete intenzione di sfoggiare la vostra intelligenza?»

«Non vi preoccupate, qui sarebbe del tutto superfluo».

«Ma perché, signor mio, vi siete messo a starnazzare così – eh? non sarà che vi ha dato di volta il cervello, nel vostro *departemàn*[42]?»

«Basta, signori, basta!» si è messo a gridare imperioso Zverkóv.

«Quanto è stupido questo!» ha borbottato Sìmonov.

«Davvero, è stupido, ci siamo riuniti in amichevole compagnia per augurare buon viaggio a un caro amico, e voi fate regolamenti di conti» ha detto Trudolûbov, rivolgendosi sgarbatamente solo a me. «Ieri vi siete invitato da solo, dunque non turbate l'armonia generale...».

«Basta, basta» gridava Zverkóv. «Smettetela, signori, così non va. Ecco, piuttosto vi racconterò come due giorni fa per poco non mi sposavo...»

E qui cominciava una pasquinata su come questo signore due giorni prima per poco non si sposava. Del matrimonio, del resto, non c'era una parola, ma nel racconto balenavano continuamente generali, colonnelli e perfino gentiluomini di camera, e Zverkóv fra loro era poco meno che il capo. Sono cominciate le risate di approvazione; Ferfičkin lanciava addirittura dei gridolini.

Tutti mi hanno lasciato perdere, e io sedevo lì oppresso e annientato.

---

[42] Dostoevskij usa la parola *lepartament*, francesismo per *departament*.

"Oh Signore, è forse questa la società per me?"
pensavo. "E che figura da cretino ho fatto
davanti a loro! Io, comunque, ho concesso
troppo a Ferfičkin. Gli imbecilli pensano di
avermi fatto un onore, dandomi un posto alla
loro tavola, mentre non capiscono che invece
sono io, io a far un onore a loro, e non loro a me!
'Siete dimagrito! Il vestito!' Oh, maledetti
pantaloni! Zverkóv aveva notato già prima la
macchia gialla sul ginocchio... Ma che cosa ci
faccio qui! Subito, in questo stesso istante alzarmi
da tavola, prendere il cappello e semplicemente
andarmene, senza dire una parola... Per
disprezzo! E domani magari andare a duello.
Vigliacchi. Evidentemente non deve rincrescermi
per i sette rubli. Magari penseranno... Al diavolo!
Non mi rincresce per i sette rubli! Me ne vado
subito!..»
S'intende, sono rimasto.
Io bevevo per il dolore Lafitte e Sherry a
bicchierate. Per la disabitudine, mi ubriacavo
rapidamente, e con l'ubriachezza cresceva anche
il dispetto. D'un tratto mi è venuta voglia di
offenderli tutti nel modo più sfacciato e poi
piantarli lì. Cogliere l'attimo e fare vedere chi ero
– che dicessero: sarà anche ridicolo, ma è
intelligente... e... e... insomma, che andassero al
diavolo!
Li ho sfacciatamente guardati tutti con occhi
trasognati. Ma loro sembravano avermi
dimenticato del tutto. Tra loro era rumoroso,
gridavano, stavano allegri. Parlava sempre
Zverkóv. Mi sono messo ad ascoltare. Zverkóv
raccontava di una dama opulenta che aveva
portato infine a dichiararsi (s'intende, mentiva
come un cavallo), e che in quella faccenda l'aveva

aiutato particolarmente un suo amico intimo, un certo principino, l'ussaro Kolâ, che aveva tremila anime.

«E intanto questo Kolâ che ha tremila anime non è qui con voi» mi sono intromesso a un tratto nel discorso. Per un minuto tutti sono rimasti zitti.

«Voi siete già ubriaco ormai» ha accettato infine di accorgersi di me Trudolûbov, lanciando un'occhiata sdegnosa dalla mia parte. Zverkóv mi osservava in silenzio come un insetto. Ho abbassato gli occhi. Sìmonov si è messo a versare in fretta lo champagne.

Trudolûbov ha alzato il calice, dietro di lui tutti, tranne me.

«Alla tua salute, e felice viaggio!» ha gridato a Zverkóv «agli anni andati, signori, al nostro futuro, urrà!»

Tutti hanno bevuto e si facevano avanti per scambiare un bacio con Zverkóv. Io non mi sono mosso; il calice pieno stava davanti a me intatto.

«E voi non avete intenzione di bere?» ha ruggito Trudolûbov che aveva perso la pazienza, rivolgendosi minaccioso a me.

«Voglio fare uno *spic*[43] da parte mia, personalmente... e allora berrò, signor Trudolûbov».

«Malefico schifoso!» ha ringhiato Sìmonov.

Io mi sono tirato su sulla sedia e febbricitante ho preso il calice, preparandomi a qualcosa di straordinario e senza sapere ancora io stesso quel che avrei detto esattamente.

«*Silence!*» ha gridato Ferfičkin. «Arriva l'intelligenza!»

---

[43] *Speech*, russificato.

Zverkóv aspettava tutto serio, comprendendo di che si trattava.

«Signor tenente Zverkóv» ho cominciato «sappiate che io odio le frasi, i *phraseur* e le cinture troppo strette in vita... Questo è il primo punto, a cui seguirà il secondo».

Tutti si sono mossi parecchio.

«Secondo punto: odio le avventure erotiche e gli erotomani[44]. E soprattutto gli erotomani!»

«Terzo punto: amo la verità, la sincerità e l'onestà» continuavo quasi macchinalmente, perché ormai cominciavo a raggelare dal terrore, non comprendendo come mai parlavo così...

«Amo il pensiero, *messié* Zverkóv; amo il vero cameratismo, al passo con gli altri, e non... hmm... Amo... E del resto, perché no? Anch'io bevo alla sua salute, *messié* Zverkóv. Seducete le circasse, sparate ai nemici della patria e... e... Alla vostra salute, *messié* Zverkóv!»

Zverkóv si è alzato dalla sedia, si è chinato e mi ha detto:

«Vi sono molto grato».

Era terribilmente offeso e perfino impallidito.

«Al diavolo» ha ruggito Trudolûbov, pestando il pugno sul tavolo.

«Nossignori, per una cosa del genere, sul muso bisogna picchiare!» ha strillato Ferfičkin.

«Bisogna cacciarlo fuori!» ha mormorato Sìmonov.

---

[44] Per *klubnička* (fragolina) il personaggio di Gogol' Nozdrëv nelle *Anime morte* intendeva avventure erotiche. L'allusione è anche al foglio da marciapiede *Fragolina pietroburghese* uscito nel 1862 che cinicamente propagandava l'assenza di princìpi.

«Non una parola, signori, né un gesto!» ha gridato solenne Zverkóv, fermando l'indignazione generale. «Vi ringrazio tutti, ma saprò dimostrargli io stesso quanto valuti le sue parole».

«Signor Ferfičkin, domani stesso mi darete soddisfazione per le vostre parole di poco fa!» ho detto ad alta voce, rivolgendomi con aria d'importanza a Ferfičkin.

«Cioè un duello, signore? Come volete» ha risposto, ma probabilmente ero così ridicolo, mentre lo sfidavo, e la cosa si addiceva così poco alla mia figura, che tutti, e dopo di loro anche Ferfičkin, si piegavano in due dal ridere.

«Sì, naturalmente, bisogna lasciarlo perdere! È ormai del tutto ubriaco!» ha detto con ripugnanza Trudolûbov.

«Non mi perdonerò mai di averlo messo in lista!» ha mormorato di nuovo Sìmonov.

"Ecco, adesso bisognerebbe lanciargli addosso una bottiglia, a tutti quanti" pensavo io, ho preso la bottiglia e... mi sono versato un bicchiere pieno.

"... No, meglio che resti fino alla fine!" continuavo a pensare. "Voi sareste contenti, signori, se me ne andassi. Neanche per idea. Apposta resterò e berrò fino alla fine, in segno del fatto che non vi attribuisco la minima importanza. Resterò e berrò, perché questa è una bettola, e i soldi per l'ingresso li ho pagati. Resterò e berrò, perché vi considero delle pedine, delle pedine inesistenti. Resterò e berrò... e canterò, se ne avrò voglia, sissignori, canterò, perché ne ho il diritto... di cantare... hmm".

Ma non cantavo. Cercavo soltanto di non guardare nessuno di loro; assumevo le pose più indipendenti e aspettavo con impazienza che loro, per primi, si mettessero a parlare con me. Ma, ahimè, non parlavano. E come avrei desiderato, come avrei desiderato in questo momento fare la pace con loro! Sono venute le otto, infine le nove. Loro sono passati dalla tavola al divano. Zverkóv si è disteso su un sofà, posando un piede su un tavolino rotondo. Hanno trasferito lì anche il vino. Ha effettivamente offerto tre bottiglie di suo. Me, s'intende, non mi ha invitato. Tutti gli stavano seduti intorno sul divano. Lo ascoltavano quasi con venerazione. Si vedeva che gli volevano bene. "Perché? perché?" pensavo fra me. Di tanto in tanto li prendeva un entusiasmo da ubriachi e si baciavano. Parlavano del Caucaso, di cosa sia una passione autentica, di *gal'bik*[45], di posti di lavoro vantaggiosi; di quanto prendesse di rendita l'ussaro Podharževskij, che nessuno di loro conosceva personalmente, e si rallegravano che avesse una rendita grossa; della straordinaria bellezza e grazia della principessa D., che pure nessuno di loro aveva mai visto; alla fine sono giunti all'affermazione che Shakespeare è immortale.

Io sorridevo sdegnoso e camminavo su e giù dall'altra parte della stanza, proprio di fronte al divano, lungo la parete, dal tavolo alla stufa e viceversa.

Con tutte le forze volevo dimostrare che potevo fare a meno di loro; ma intanto pestavo di proposito gli stivali, tirandomi sui tacchi. Ma tutto era inutile. Loro non ci facevano nemmeno caso. Ho avuto la pazienza di camminare così, dritto davanti a loro, dalle otto alle undici, sempre

---

[45] Gioco d'azzardo a carte.

nello stesso spazio, dal tavolo alla stufa e dalla stufa di nuovo al tavolo. "Mi va di passeggiare così, e nessuno può proibirmelo". Il cameriere che entrava nella stanza si fermava diverse volte a guardarmi; per i frequenti cambi di direzione mi girava la testa; in certi momenti credevo di delirare. In quelle tre ore ho sudato tre volte e mi sono riasciugato. A tratti con profondissimo, velenoso dolore mi trafiggeva il cuore un pensiero: che sarebbero passati dieci anni, vent'anni, quarant'anni, e anche dopo quarant'anni avrei pur sempre ricordato con ripugnanza e umiliazione questi momenti, i più sporchi, ridicoli e terribili di tutta la mia vita. Umiliare sé stessi in modo più spudorato e deliberato era ormai impossibile, e io questo lo capivo perfettamente, perfettamente e tuttavia continuavo a camminare dal tavolo alla stufa e viceversa. "Oh, se solo voi sapeste di quali sentimenti e pensieri sono capace e come sono evoluto!" pensavo in certi momenti; rivolgendomi mentalmente al divano dove sedevano i miei nemici. Ma i miei nemici si comportavano come se nella stanza io non ci fossi nemmeno. Una volta, una volta sola si sono girati verso di me, proprio quando Zverkóv s'è messo a parlare di Shakespeare, e io d'un tratto sono scoppiato a ridere sprezzantemente. Sogghignavo in modo talmente artefatto e schifoso che loro di colpo hanno smesso di parlare e in silenzio per un paio di minuti mi hanno guardato, seri, senza ridere, mentre camminavo lungo la parete, dal tavolo alla stufa, e mentre non prestavo alcuna attenzione a loro. Ma non ne è venuto nulla: non mi hanno rivolto la parola e di lì a due minuti mi hanno lasciato nuovamente perdere. Hanno battuto le undici.

«Signori» gridò Zverkóv, alzandosi dal divano «adesso andiamo tutti là».

«Naturalmente, naturalmente!» hanno detto gli altri.

Mi sono voltato bruscamente verso Zverkóv. Ero così sfinito, così a pezzi, che volevo farla finita, anche a costo di ammazzarmi! Avevo la febbre; i capelli intrisi di sudore mi si erano appiccicati alla fronte e alle tempie.

«Zverkóv! Vi chiedo scusa» ho detto brusco e risoluto «Ferfičkin, anche a voi, a tutti, a tutti, ho offeso tutti!»

«Aha! Il duello non fa per voi!» sibilò velenoso Ferfičkin.

Ho sentito una coltellata al cuore.

«No, non è il duello che mi fa paura, Ferfičkin! Sono pronto a battermi con lei domani stesso, subito dopo la riconciliazione. Anzi insisto su questo, e voi non potete rifiutarmelo. Voglio dimostrarvi che non ho paura del duello. Voi sparerete per primo, e io sparerò in aria».

«Se la racconta da solo» ha notato Sìmonov.

«Dà semplicemente fuori di matto!» ha riecheggiato Trudolûbov.

«Ma lasciateci passare, perché vi siete messo di traverso!.. Ma che cosa volete?» ha risposto sprezzante Zverkóv. Erano tutti rossi; i loro occhi luccicavano: avevano bevuto molto.

«Chiedo la vostra amicizia, Zverkóv, io vi ho offeso, ma...»

«Offeso? V-voi! Me-e! Sappiate, egregio signore, che voi non potete mai e in nessuna circostanza offendere me!»

«E adesso basta, andatevene!» ha rincarato la dose Trudolûbov. «Andiamo».

«Olimpia è mia, signori, patti chiari!» ha gridato Zverkóv.

«Non lo mettiamo in dubbio! Non lo mettiamo in dubbio!» gli rispondevano ridendo.

Sono rimasto lì, umiliato. L'orda usciva chiassosamente dalla sala, Trudolûbov ha intonato una canzone stupida. Sìmonov è rimasto per un attimo, per dare la mancia ai camerieri. D'un tratto mi sono avvicinato a lui.

«Sìmonov! Datemi sei rubli!» ho detto risoluto e disperato.

Mi ha guardato con estremo stupore con gli occhi inebetiti. Anche lui era ubriaco.

«Ma perché, avete intenzione di venire con noi anche là?»

«Sì!»

«Non ho soldi!» ha troncato lui, ha fatto un sorrisetto sprezzante ed è uscito dalla sala.

L'ho afferrato per il pastrano. Era un incubo.

«Sìmonov! Ve li ho visti, i soldi, perché me li negate? Sono forse un vigliacco? Badate di non negarmeli: se sapeste perché ve li chiedo! Da questo dipende tutto, tutto il mio futuro, tutti i miei piani...»

Sìmonov ha tirato fuori i soldi e me li ha quasi lanciati.

«Prendete, visto che non avete il minimo pudore!» ha detto spietato ed è corso a raggiungerli.

Sono rimasto solo per un minuto. Disordine, avanzi, un bicchiere rotto sul pavimento, vino rovesciato, mozziconi di sigarette, ebbrezza e delirio in testa, una tormentosa angoscia nel cuore e, infine, il cameriere che aveva visto e sentito tutto e mi guardava incuriosito negli occhi.

«Vado là!» ho gridato. «O si mettono tutti in ginocchio, abbracciandomi le gambe, e supplicano la mia amicizia oppure... oppure do uno schiaffo a Zverkóv!»

V

«Dunque eccolo, dunque eccolo finalmente lo scontro con la realtà» ho borbottato, scendendo a capofitto le scale. «Questo, davvero, non è più il papa che abbandona Roma e se ne parte per il Brasile; questo, davvero, non è più il ballo sul lago di Como!»

"Sei un vigliacco!" mi passava per la testa "se adesso ridi di questo!"

«E va bene!» ho gridato, rispondendo a me stesso. «Tanto ormai tutto è perduto!»

Di loro non c'era più traccia; ma non importa: sapevo dov'erano andati.

Davanti al *kryl'có*[46] stava solitario un vetturino, un notturno, con un caftano di panno ruvido, tutto ricoperto di neve fradicia e apparentemente tiepida che continuava a cadere. C'era vapore ed era afoso. Anche il suo piccolo cavalluccio pezzato, irsuto era tutto ricoperto di neve e tossiva; lo ricordo benissimo. Mi sono buttato nella slitta di tiglio; ma appena ho fatto per piegare la gamba per sedermi, il ricordo di come Sìmonov mi aveva appena dato sei rubli mi ha dato una botta tale, che mi sono accasciato nella slitta come un sacco.

---

[46] Terrazzino d'ingresso che separa con alcuni gradini il piano dell'edificio dal livello del suolo.

«No! Bisogna fare molto per riscattare tutto questo!» ho gridato. «Ma io lo riscatterò o in questa stessa notte morirò sul posto. Andiamo!»
La slitta è partita. Tutto un turbine mi vorticava in testa.
"In ginocchio a supplicare la mia amicizia – non lo faranno. È un miraggio, un volgare miraggio, disgustoso, romantico e fantastico; proprio il ballo sul lago di Como. E perciò *devo* dare uno schiaffo a Zverkóv! Devo per forza darglielo. E così, è deciso; ora volo a dargli uno schiaffo".
«Fallo filare!»
Il vetturino ha scosso le briglie.
"Appena entro, glielo do. È necessario dire prima dello schiaffo qualche parola a mo' di preambolo? No! Semplicemente entro e glielo do. Saranno tutti seduti nella sala, e lui sul divano con Olimpia. Maledetta Olimpia! Una volta ha riso della mia faccia e mi ha rifiutato.
Trascinerò via Olimpia per i capelli, e Zverkóv per le orecchie! No, meglio per un orecchio solo, e per un orecchio gli farò fare il giro di tutta la stanza. Loro, magari, si metteranno a picchiarmi e mi sbatteranno fuori. Anzi, è sicuro. Sia pure! Tuttavia avrò dato lo schiaffo per primo: l'iniziativa sarà stata mia; e per le leggi dell'onore – questo è tutto; lui ormai è bollato e quello schiaffo non potrà più lavarlo via con nessuna percossa tranne che col duello. Dovrà battersi. E allora che mi picchino pure adesso. Facciano pure, ignobili! Mi picchierà soprattutto Trudolûbov: è così forte; Ferfičkin mi aggredirà dal fianco e immancabilmente mi prenderà per i capelli, di sicuro. Ma sia, sia! Ci sono venuto per questo. I loro testoni di montone saranno finalmente costretti a capire il tragico di tutto

questo! Quando mi trascineranno verso la porta, io griderò loro che in sostanza non valgono nemmeno uno dei miei mignoli".

«Fallo filare, vetturino, fallo filare!» gridavo.

Il vetturino ha perfino sussultato e agitato lo *knut*. Tanto selvaggio era stato il mio grido.

"Ci batteremo all'alba, ormai è deciso. Col dipartimento è finita. Ferfíčkin poco fa l'ha chiamato 'departemàn'. Ma dove prendere le pistole? Sciocchezze! Mi farò anticipare lo stipendio e le comprerò. E la polvere, e la pallottola? Questo è affare del secondo. E come riuscire a organizzare tutto prima dell'alba? E dove vado a prenderlo il secondo? Non conosco nessuno…"

«Sciocchezze!» ho gridato, scompigliandomi sempre di più «sciocchezze!»

"Il primo che incontro nella via, al quale mi rivolgo, è tenuto a farmi da secondo esattamente come a tirar fuori dall'acqua uno che sta annegando. Devono essere ammessi i casi più eccentrici. E se domani chiedessi al direttore in persona di farmi da secondo, anche lui dovrebbe accettare per puro spirito cavalleresco e mantenere il segreto! Antón Antónyč…"

Il fatto è che in quello stesso istante mi appariva più chiaro e vivido che a chiunque altro al mondo tutta la disgustosa assurdità delle mie supposizioni e tutto il rovescio della medaglia, ma…

«Fallo filare, vetturino, fallo filare, briccone, fallo filare!»

«Mah, bàrin!» ha detto la forza della terra[47].

A un tratto mi sono sentito raggelare.

"Ma non sarebbe meglio... ma non sarebbe meglio... filare dritti a casa? Oh, Dio mio! Perché, perché ieri mi sono invitato a questo pranzo! Ma no, è impossibile! E la passeggiata di tre ore dal tavolo alla stufa? No, loro, loro e nessun altro devono pagarmela per questa passeggiata! Loro devono lavare questo disonore!"

«Fallo filare!»

"E però, se mi consegnano alla polizia? Non avranno il coraggio! Temeranno lo scandalo. E se Zverkóv per disprezzo rifiuta il duello? Anzi, è più che probabile; ma allora gli faccio vedere io... Allora mi lancio alla stazione di posta, domani quando parte, lo afferro per una gamba, gli strappo il pastrano, mentre sta salendo in vettura. Gli azzanno una mano coi denti, lo mordo. 'Guardate tutti a cosa può arrivare una persona disperata!' Che mi picchi pure in testa, e tutti gli altri da dietro. Io griderò a tutto il pubblico: 'Guardate, ecco un cucciolo di cane che va a conquistare le circasse con il mio sputo in faccia!'

"S'intende, dopo questo ormai sarà tutto finito! Il dipartimento è scomparso dalla faccia della terra. Mi arresteranno, mi processeranno, mi licenzieranno, mi metteranno in galera, mi manderanno in Siberia, al confino. Non ce n'è bisogno! Fra quindici anni mi trascinerò dietro di lui vestito di stracci, misero, quando mi metteranno fuori di galera. Lo rintraccerò nel capoluogo di governatorato. Sarà sposato e felice.

---

[47] Gli slavofili speravano che la forza della terra (*zemskaâ sila*) opponesse resistenza alle teorie straniere (*čužezemnye*, delle altre terre).

Avrà una figlia grande... Io dirò: 'Guarda, mostro, guarda le mie guance incavate e i miei stracci! Ho perso tutto – carriera, felicità, arte, scienza, *donna amata*, e tutto per colpa tua. Ecco le pistole. Sono venuto a scaricare la mia pistola e... e ti perdóno'. Qui io sparerò in aria, e di me non si sentirà più parlare...''
Stavo quasi per mettermi a piangere, anche se sapevo in modo precisissimo in questo stesso istante che tutto questo è Silvio e dal *Ballo in maschera* di Lermontov[48]. E a un tratto ho provato una vergogna terribile, vergogna al punto che ho fatto fermare il cavallo, sono sceso dalla slitta e mi sono fermato nella neve in mezzo alla via. Il vetturino mi osservava sorpreso sospirando.
Che fare? Nemmeno là potevo andare – sarebbe stata un'assurdità; e nemmeno lasciar perdere si poteva, perché anche così sarebbe risultato... Signore! Ma come potevo lasciar perdere! E dopo simili offese!
«No!» ho esclamato, buttandomi di nuovo sulla slitta «è tutto predestinato, è il fato! fallo filare, fallo filare, andiamo là!»
Dall'impazienza ho colpito col pugno il vetturino nel collo.
«Ma che fai, perché meni le mani?» s'è messo a gridare il mužìk, sferzando, tuttavia, il ronzino, tanto che quello ha cominciato a scalciare con le zampe posteriori.
La neve bagnata cadeva a fiocchi; mi sono scoperto, non me ne importava. Avevo

---

[48] Protagonista del racconto di Puškin «Lo sparo» (1830) che dedica la vita all'idea di vendetta. Nel dramma *Maskarad* di Lermontov analogo ruolo svolge Neizvestnyj.

dimenticato tutto il resto, perché mi ero definitivamente deciso per lo schiaffo e con orrore sentivo che evidentemente sarebbe successo senz'altro *subito, adesso,* e ormai *con nessuna forza si sarebbe potuto fermare.* Lampioni solitari balenavano cupi nella tenebra nevosa, come fiaccole a un funerale. La neve mi si accumulava sotto il pastrano, sotto la redingote, sotto la cravatta e lì si scioglieva; io non mi coprivo: tanto ormai era comunque tutto perduto! Finalmente siamo arrivati. Sono saltato fuori quasi senza memoria, sono corso su per i gradini e ho cominciato a bussare alla porta con le mani e coi piedi. Erano terribilmente deboli soprattutto le gambe, al ginocchio. Mi hanno aperto abbastanza presto; come se sapessero del mio arrivo. (In effetti, Sìmonov aveva avvertito che, forse, ne sarebbe arrivato un altro, perché qui bisognava avvertire e in generale prendere precauzioni. Era uno di quei "negozi di mode" di allora, che da un pezzo ormai sono stati eliminati dalla polizia. Di giorno era davvero un negozio; ma di sera se si avevano referenze ci si poteva presentare in visita.) Ho attraversato a passi rapidi la bottega buia fino alla sala che conoscevo, dove era accesa una sola candela, e mi sono fermato sconcertato: non c'era nessuno.
«Ma loro dove sono?» ho domandato a qualcuno.
Ma loro, naturalmente, avevano già fatto in tempo ad andare nelle varie camere...
Davanti a me stava una persona col sorriso stupido, la padrona stessa, che un po' mi conosceva.
Un minuto dopo s'è aperta una porta, ed è entrata un'altra persona.

Senza prestare attenzione a nulla, camminavo a grandi passi per la stanza e, mi pare, parlavo da solo. Ero come stato salvato dalla morte e con tutto il mio essere lo presentivo con gioia: evidentemente avrei dato lo schiaffo, avrei dato necessariamente, necessariamente lo schiaffo! Ma adesso non c'erano e... tutto era sparito, tutto era cambiato!.. Mi guardavo intorno. Non riuscivo ancora a raccapezzarmi. Macchinalmente ho lanciato un'occhiata alla ragazza che era entrata: davanti a me è balenata una faccia fresca, giovane, alquanto pallida, con le sopracciglia diritte, scure e uno sguardo serio e come un po' sorpreso. A me questo è piaciuto subito; l'avrei odiata, se avesse sorriso. Mi sono messo a scrutarla più da vicino e quasi con sforzo: i pensieri non si erano ancora raccolti. C'era un che di innocente e buono in questa faccia, ma anche di serio tanto da sembrare strano. Sono sicuro che questo, qui, la svantaggiasse, e che di quei cretini nessuno l'avesse notata. Comunque, non poteva dirsi una bellezza, anche se era di alta statura, forte, ben fatta. Era vestita con estrema semplicità. Qualcosa di ripugnante mi ha punto; sono andato dritto da lei...
Mi sono visto per caso allo specchio. La mia faccia stravolta mi è sembrata ributtante all'estremo: pallida, cattiva, vigliacca, con i capelli arruffati. "E sia, sono contento di questo" pensavo "sono contento proprio di sembrarle ributtante; questo mi fa piacere..."

VI

...Da qualche parte dietro il tramezzo, come per una forte pressione, come se qualcuno lo strangolasse – ha ansimato un orologio. Dopo un ansimo innaturalmente lungo è seguito un suono acuto, schifosetto e inaspettatamente frequente – come se d'un tratto qualcuno fosse scappato avanti. Battevano le due. Mi sono riavuto, benché non dormissi, ma fossi solo seminconsciente.

Nella stanza stretta, angusta e bassa, ingombra di un enorme armadio di vestiti e disseminata di cappelliere, stracci e vecchi vestiti di ogni genere – era quasi completamente buio. Il moccolo che bruciava sul tavolo in fondo alla stanza si stava spegnendo del tutto, mandando qualche scintilla ogni tanto. Fra qualche minuto doveva venire il buio completo.

Sono tornato in me per un po'; tutt'a un tratto, senza sforzo, mi veniva in mente subito, come se fosse lì di guardia, per aggredirmi di nuovo. E anche nell'incoscienza stessa mi rimaneva comunque costantemente nella memoria come un punto, che non spariva, intorno al quale ruotavano pesanti le mie fantasie assonnate. Ma era strano: tutto quel che mi era successo questo giorno mi sembrava adesso, al risveglio, passato in un tempo lontano lontano, come se fossi uscito da tutto questo in un tempo lontano lontano.

Nella testa avevo fumo. Qualcosa come aleggiava sopra di me e mi toccava, mi eccitava e mi inquietava. L'angoscia e la bile ribollivano nuovamente e cercavano sfogo. D'un tratto accanto a me ho visto due occhi aperti, che mi osservavano curiosi e ostinati. Lo sguardo era freddo-assente, cupo, come del tutto estraneo; era pesante.

Un pensiero cupo mi nasceva nel cervello e passava per tutto il corpo come una sensazione odiosa, simile a quando scendi nel sottosuolo, umido e muffoso. Era un po' innaturale che proprio solo adesso questi due occhi avessero deciso di cominciare a osservarmi. Mi è venuto in mente anche che per due ore non avevo scambiato con questa creatura nemmeno una parola e non l'avevo considerato affatto necessario; prima questo mi era anzi piaciuto per qualche motivo. Adesso invece mi si presentava chiara l'idea assurda, ripugnante come un ragno, della dissolutezza, che senza amore, in modo brutale e svergognato, comincia proprio da ciò che è il coronamento del vero amore. Ci siamo guardati a lungo così, ma lei non abbassava i suoi occhi davanti ai miei e non cambiava il suo sguardo, tanto che alla fine mi faceva un po' paura.

«Come ti chiami?» ho domandato a scatti, per finire in fretta.

«Liza» ha risposto quasi in un sussurro, ma in modo del tutto distaccato, e ha distolto gli occhi. Sono stato zitto per un po'.

«Oggi il tempo... la neve... fa schifo!» ho detto quasi tra me, piegando angosciato il braccio dietro la testa e guardando il soffitto. Lei non rispondeva. Tutto questo era mostruoso.

«Sei di qui?» ho domandato un minuto dopo, quasi arrabbiato, volgendo appena la testa verso di lei.

«No».

«Di dove?»

«Di Riga» ha detto controvoglia.

«Tedesca?»

«Russa».

«Sei qui da molto?»

«Dove?»

«Nella casa».

«Due settimane». Parlava sempre più a scatti. La candela si era spenta completamente; non potevo più distinguere la sua faccia. «Hai padre e madre?»

«Sì... no... ce li ho».

«Dove sono?»

«Là... a Riga».

«Cosa fanno?»

«Così...»

«Come così? Cosa fanno, di che classe sono?»

«Piccoloborghesi[49]».

«Hai sempre vissuto con loro?»

«Sì».

«Quanti anni hai?»

«Venti».

«E perché te ne sei andata via da loro?»

«Così».

Questo significava: smamma, ho la nausea. Siamo stati zitti.

Dio sa perché non me ne sono andato. Io stesso mi sentivo sempre più nauseato e angosciato. Le immagini di tutta la giornata trascorsa da sole, senza la mia volontà, cominciavano a sfilarmi disordinate nella memoria. D'un tratto m'è venuta in mente una scena che avevo visto la mattina nella via, mentre trotterellavo preoccupato verso l'ufficio.

«Oggi stavano portando fuori una bara e per poco non l'hanno fatta cadere» d'un tratto ho detto ad alta voce, senza alcun desiderio di attaccare discorso, ma così quasi per caso.

«Una bara?»

---

[49] *Mešàne*: cittadini, bottegai, artigiani, impiegati di basso grado.

«Sì, in piazza Sénnaâ[50]; la portavano fuori da uno scantinato».

 «Uno scantinato?»

«Non da uno scantinato, ma da un piano seminterrato... sì, sai... dabasso... da un casino... C'era una tale sporcizia intorno... Gusci, immondizia... puzzava... uno schifo».

Silenzio.

«È brutto seppellire oggi!» ricominciavo, tanto per non stare zitto.

«Perché brutto?»

«La neve, l'umido...» (Ho sbadigliato.)

«Fa lo stesso» ha detto lei d'un tratto dopo un po' di silenzio.

«No, fa schifo...» (Ho sbadigliato di nuovo.) «I becchini, probabilmente, imprecavano perché la neve li bagnava. E nella fossa, probabilmente, c'era dell'acqua».

«Come mai acqua nella fossa?» ha domandato con una certa curiosità, ma pronunciando in modo ancora più sgarbato e a scatti di prima. Mi sono d'un tratto cominciato a sentire incoraggiato.

«Ma come, acqua, sul fondo, sei *veršok*[51]. Qui non si riesce a scavare una sola fossa asciutta, al cimitero di Vólkovo».

«Come mai?»

«Come come mai? È un posto così acquoso. Qui è palude dappertutto. Così è nell'acqua che ti calano. L'ho visto io stesso... molte volte...»

(Non l'avevo visto nemmeno una volta, e non ero nemmeno mai stato al Vólkovo, ma l'avevo solo sentito raccontare.)

---

[50] Del fieno.
[51] 25 centimetri.

«Possibile che per te sia lo stesso, quanto a morire?»

«Ma perché morire?» ha risposto lei, come difendendosi.

«Un giorno o l'altro dovrai ben morire, e morirai precisa identica alla defunta di oggi. Era anche lei... una ragazza sola... È morta di tisi».

«La donnina sarebbe morta all'ospedale...» (Questo lo sa già, ho pensato io, infatti ha detto: "donnina", e non "ragazza")».

«Aveva un debito con la padrona» ho ribattuto, sempre più stimolato dalla discussione «e l'ha servita fino quasi alla fine, anche se aveva la tubercolosi. Lo raccontavano dei vetturini parlando con dei soldati, lì intorno. Probabilmente, suoi ex conoscenti. Ridevano. Anzi, si preparavano a commemorarla all'osteria». (Anche qui avevo lavorato molto di fantasia.)

Silenzio, profondo silenzio. Lei non si muoveva nemmeno.

«Perché, in ospedale riesce meglio, cioè, morire?»

«Non è la stessa cosa?.. E poi perché dovrei morire?» ha aggiunto seccata.

«Se non ora, dopo?»

«Ma anche dopo...»

«Come si può fare altrimenti! Ecco tu adesso sei giovane, bella, fresca – e ti valutano un bel tot. Ma fra un anno di questa vita non lo sei più, sfiorisci».

«Fra un anno?»

«In ogni caso, fra un anno il tuo prezzo sarà più basso» continuavo con gioia cattiva. «Passerai da qui a un'altra casa, un gradino più in basso. Ancora un anno – in una terza casa, sempre più in basso, e fra sei o sette anni arriverai allo scantinato della Sénnaâ. Questo sarebbe ancora una cosa buona. Ma ecco il guaio, se a te, oltre a quello, ti viene un malanno, per dire, una debolezza di petto... o ti prendi un'infreddatura, o qualcos'altro. Con una vita del genere la malattia va via piano. Si incista, così, magari non se ne va più. E poi muori».

«E va be', morirò» ha risposto ormai cattiva e ha avuto una mossa.

«E però peccato».

«Per chi?»

«Peccato per la vita».

Silenzio.

«Avevi un fidanzato? Eh?»

«A voi che importa?»

«Ma non volevo mica farti l'interrogatorio. Per me, figùrati. Cosa ti arrabbi? Tu, certo, puoi avere avuto i tuoi problemi. Figùrati, a me... Ma così, peccato».

«Per chi?»

«Peccato per te».

«Non è il caso...» ha sussurrato lei in modo appena percettibile e di nuovo ha avuto una mossa.

Mi ha subito reso cattivo. Ma come! Io ero stato così tenero con lei, e lei...

«Ma cosa credi? Di essere sulla buona strada, eh?»

«Io non penso niente».

«È quello il brutto, che non pensi. Svègliati, finché sei in tempo. E sei ancora in tempo. Sei ancora giovane, bella; potresti innamorarti, sposarti, essere felice...»

«Non tutte quelle sposate sono felici» ha troncato lei in fretta sgarbata come prima.

«Non tutte, certo – ma comunque di gran lunga meglio che qui. Non c'è confronto. E con l'amore si può vivere anche senza felicità. Anche nel dolore la vita è bella, è bello vivere nel mondo, comunque si viva. Mentre qui cosa c'è, a parte... la puzza? Puah!»

Mi sono girato con disgusto; ormai non ragionavo più freddamente. Cominciavo io stesso a sentire quello che dicevo, e mi infiammavo. Ormai ero ansioso di esporre le mie *ideuzze* segrete, covate nel mio angolo. Qualcosa a un tratto si è acceso in me, "era comparso" uno scopo.

«Tu non guardare me, che sono qui, io non sono un buon esempio. Io, forse, sono peggio ancora di te. Del resto, sono entrato qui ubriaco» mi affrettavo però a giustificarmi.

«E poi un maschio non può fare da esempio per una donna. La faccenda è diversa; anche se qui mi infango e mi sporco, però non sono schiavo di nessuno; vado e vengo, e chi s'è visto s'è visto. Mi riprendo e non sono più quello. Ma prendiamo in considerazione il fatto che fin dall'inizio tu sei schiava. Sì, schiava! Tu rinunci a tutto, a tutta la tua libertà. E ti verrà voglia di spezzare queste catene, ma ormai basta: ti sentirai sempre più incastrata. Questa è una catena maledetta. Io la conosco. Per non parlare del resto, magari non capiresti nemmeno, ma ecco, dimmi un po': hai già dei debiti con la padrona, vero? Ecco, vedi!» ho aggiunto, anche se lei non mi aveva risposto, ma solo in silenzio, con tutto il suo essere, mi ascoltava. «Ecco la catena! Non ti riscatterai mai. Fanno così. È come vendere l'anima al diavolo..

«...E perdipiù io... forse, sono altrettanto infelice, perché vedi, nel fango mi ci immergo apposta, per l'angoscia. Non è per il dolore che si beve? ecco, io per il dolore – sono qui. Beh dimmi, beh cosa c'è di buono: ecco io e te... ci siamo incontrati... poco fa, e per tutto il tempo non ci siamo detti una parola, e tu, come selvatica, solo dopo hai cominciato a osservarmi; e lo stesso io con te. È così che si ama? Ci si deve incontrare così da persona a persona? È uno schifo unico, ecco cosa!»

«Sì!» mi ha confermato brusca e in fretta. Mi ha perfino meravigliato la fretta di questo sì. Quindi, anche a lei, magari, girava per la testa quello stesso pensiero, quando prima mi osservava? Quindi, era già capace anche lei di certi pensieri?.. "Al diavolo, questo è curioso, questa è – *affinità*" pensavo – quasi sfregandomi le mani. "E del resto, come non vincere un'anima così giovane?.."

Soprattutto sono rimasto affascinato dal gioco.

Lei ha girato la testa più vicino a me e, mi è sembrato al buio, si è appoggiata alla mano. Forse, mi stava osservando. Quanto mi dispiaceva non poter distinguere i suoi occhi. Sentivo il suo respiro profondo.

«Perché sei venuta qua?» ho cominciato con un tono ormai abbastanza autorevole.

«Così...»

«Eppure come sarebbe bello vivere nella casa paterna! Al calduccio, in libertà; nel proprio nido».

«E se quello è peggio?»

"Bisogna trovare il tono giusto" mi è balenato in testa "con il sentimentalismo, mi sa, non si ottiene molto".

Del resto, è stato solo un baleno. Lo giuro, lei mi interessava davvero. E poi ero rilassato e bendisposto. E poi l'impostura evidentemente si sposa così bene col sentimento.

«Chi lo dice!» mi sono affrettato a rispondere «tutto può essere. Evidentemente sono sicuro che qualcuno ti ha offesa e che altri hanno colpe nei tuoi confronti, più di quante tu ne abbia verso di *loro*. Evidentemente della tua storia io non so nulla, ma una ragazza del tuo genere, secondo me, non càpita qui di propria volontà...»

«E che genere di ragazza sono?» ha sussurrato in modo appena percettibile; ma io ho sentito.

"Che il diavolo mi porti, la sto adulando. È disgustoso. O magari, va anche bene…" Lei stava zitta.

«Vedi, Liza – ti dirò di me! Se io avessi avuto una famiglia dall'infanzia, non sarei quello che sono adesso. Io a questo penso spesso. Perché per quanto si stia male in famiglia – sono comunque papà e mamma, e non nemici, non estranei. Almeno una volta all'anno un po' d'amore te lo dimostrano. Sai comunque che sei a casa tua. Ecco, io sono cresciuto senza famiglia; è per quello, mi sa, che sono venuto su così... insensibile».

Ho aspettato di nuovo.

"Magari nemmeno capisce" pensavo "e poi fa ridere: la morale!"

«Se fossi un padre e avessi una figlia mia, io, mi sembra, vorrei bene a mia figlia più che ai maschi, davvero» l'ho presa dal fianco, come se non stessi parlando di quello, per distrarla. Confesso, arrossivo.

«Questo perché?» ha domandato.

Ah, ma allora, ascolta!

«Così; non so, Liza. Vedi: conoscevo un padre che era una persona severa, rigida, ma dinanzi alla figlia stava in ginocchio, le baciava le mani e i piedi, non si saziava di ammirarla, davvero. Lei balla a una festa, e lui sta fermo nello stesso posto per cinque ore, non le stacca gli occhi di dosso. È pazzo di lei; io questo lo capisco. Lei di notte si stanca – si addormenta, e lui si sveglia e va a baciarla nel sonno e a darle la benedizione. Lui gira con una redingote bisunta, con tutti è avaro, ma per lei compra col suo ultimo rublo, le fa regali preziosi, e ormai è una gioia per lui se il regalo le piace. Il padre ama sempre le figlie più della madre. È allegro per certe ragazze vivere in casa! E io, credo, mia figlia non vorrei nemmeno darla in sposa».

«E come mai?» ha domandato lei sorridendo appena.

«Sarei geloso, quanto è vero Dio. Beh, che si metta a baciare un altro? a volere bene a un estraneo più che al padre? È pesante anche solo immaginarlo. Naturalmente, tutte queste sono sciocchezze; naturalmente, chiunque finisce per ragionare. Ma io, credo, prima di lasciarla andare, sarei assillato da un solo pensiero: respingere tutti i pretendenti. E finirei comunque col darla a quello che lei ama. Evidentemente quello che la figlia ama al padre sembra sempre peggio di tutti. È così. E da questo viene buona parte del male nelle famiglie».

«Altri invece sono ben contenti di venderla, la figlia, altro che sposarla con onore» ha detto lei d'un tratto.

Ah! ecco cos'era!

«Questo, Liza, in quelle famiglie maledette dove non c'è né Dio né amore» ho ripreso con calore «e dove non c'è l'amore, non c'è nemmeno giudizio. Esistono delle famiglie così, è vero, ma non è di quelle che sto parlando. Tu, evidentemente, nella tua famiglia non hai avuto nessun bene, se parli così. Sei davvero un'infelice. Hmm... Questo succede soprattutto per la povertà».

«Perché, dai signori va meglio, per caso? La gente onesta vive bene anche se è povera».

«Hmm... sì. Forse. E sempre la stessa cosa, Liza: alle persone piace tenere conto soltanto del proprio dolore, mentre la propria felicità non la contano. Ma a fare i conti come si deve, si vedrebbe che a ognuno spetta la sua parte. Ecco, e allora, se in famiglia va tutto bene, Dio manda la sua benedizione, salta fuori un marito buono, che ti vuole bene, che ti coccola, non si allontana da te! in quella famiglia si sta bene! Magari a volte anche condividere un dolore è bello; dov'è che non c'è dolore? Ti sposerai, magari, e lo vedrai tu stessa. Se invece prendiamo magari i primi tempi di matrimonio con la persona che ami: quanta felicità, quanta felicità arriva certe volte! ed è poi felicità di continuo. I primi tempi perfino le liti col marito hanno il lieto fine. Certe più vogliono bene, più litigano col marito. Davvero; ne conoscevo una così: Ecco, ti voglio bene parecchio, diceva, è per l'amore che ti tormento, e tu renditi conto. Lo sai che per amore si può tormentare apposta qualcuno? Soprattutto le donne. E lei pensa tra sé: "Dopo ti amerò tanto, ti carezzerò tanto, che non è un peccato adesso tormentarti un po'". E a casa tutti saranno contenti per voi, e si starà bene, e allegri, e in pace, e con onore... Poi ci sono anche quelle gelose. Se lui se ne va da qualche parte – ne conoscevo una così – lei non ce la fa, e nel cuore della notte scappa fuori, e corre di nascosto a guardare: vediamo se non è lì, vediamo se non è in quella casa, vediamo se non è con quella... E questo è male. E lo sa anche lei che è male, e le si ferma il cuore e si trafigge, ma però lei ama; è tutto per amore. E com'è bello dopo aver litigato fare la pace, prendersi la colpa su di sé davanti a lui oppure perdonare! E come stanno bene tutti e due, come d'un tratto stanno bene – come se si fossero reincontrati, si fossero risposati, il loro amore fosse ricominciato. E nessuno, nessuno deve sapere cosa succede tra il marito e la moglie, se loro si vogliono bene. E qualunque litigio venga fuori tra loro, la madre carnale, nemmeno quella devono chiamarla a giudicare, e raccontare uno dell'altra. Sono solo loro i giudici di sé stessi. L'amore è un mistero di Dio e da tutti gli occhi estranei va occultato, qualunque cosa accada. È più sacro per questo, più bello. Hanno più stima tra loro, e sulla stima molto si basa. E se un tempo c'era amore, se per amore si sono sposati, perché l'amore dovrebbe passare! Possibile che non si riesca a mantenerlo? È raro il caso in cui non si riesce a mantenerlo. Poi, se si riesce a trovare una persona buona e onesta, come fa l'amore a passare? Il primo amore del matrimonio passa, è vero, ma poi viene un amore ancora migliore. Allora le anime si uniscono, tutti i loro affari mettono in comune; non hanno segreti uno per l'altra. E arrivano i figli, così che ogni momento, anche il più difficile, sembra felicità; pur di amare e di essere coraggiosi. Allora anche il lavoro è allegro, allora anche al pane certe volte rinunci per i figli, anche quello con gioia. Evidentemente dopo è per questo che ti vorranno bene; è per te, quindi, che stai mettendo da parte. I figli crescono, senti che sei un esempio per loro, che sei un sostegno per loro; che dopo la tua morte, loro porteranno per tutta la vita i tuoi sentimenti e i tuoi pensieri dentro di sé, così come li hanno ricevuti da te, li prenderanno a tua immagine e somiglianza. Quindi, questo è un grande dovere. Come fanno a non unirsi più stretti il padre con la madre? Dicono che è pesante avere figli? Chi lo dice? È una felicità celeste! Ami i bambini piccoli, Liza? io li amo da morire. Sai – un bambino roseo, ti succhia il seno, e a quale marito il cuore si ritorce contro la moglie, guardandola mentre gli tiene in braccio il bambino! Il bambinello roseo, paffutello, si stiracchia, sta bene; i piedini e le manine soffici, le unghiette pulitine, piccoline, così piccoline che a guardarle viene da ridere, gli occhietti come se capisse già tutto. E succhia – con la manina ti strofina il seno, gioca. Si avvicina il padre: il bimbo si stacca dal seno, si piega tutto all'indietro, guarda il padre, ride – proprio come fosse Dio sa quanto divertente – e di nuovo, di nuovo prende a succhiare. O altrimenti prende e mordicchia il seno alla madre, se gli spuntano già i dentini, e con gli occhietti le lancia uno sguardo obliquo: "Vedi, ti ho mordicchiato!" Ma non è forse tutta qui la felicità, quando loro tre, il marito, la moglie e il bambino, sono insieme? Per questi momenti si può perdonare molto. No, Liza, conoscere sé stessi prima bisogna imparare a vivere, e poi dare la colpa agli altri!»

"Con le figure, proprio con queste figure bisogna accalappiarti!" pensavo tra me, anche se, quanto è vero Dio, parlavo con sentimento, e d'un tratto sono arrossito. "E se d'un tratto lei scoppia a ridere, dove vado a nascondermi?" Questa idea mi ha indemoniato. Verso la fine del discorso mi ero davvero infervorato, e adesso il mio amor proprio in un certo senso soffriva. Il silenzio durava. Avevo perfino voglia di darle uno spintone.

«Ma voi...» ha cominciato d'un tratto e si è fermata.

Ma avevo già capito tutto: nella sua voce vibrava già qualcosa di diverso, non brusco, non sgarbato e scontroso come prima, ma qualcosa di dolce e di pudico, pudico al punto che d'un tratto mi sono vergognato dinanzi a lei, mi sono sentito in colpa.

«Che cosa?» ho domandato con tenera curiosità.

«Ma voi...»

«Che cosa?»

«Ma voi... parlate proprio come nei libri» ha detto, e qualcosa come di derisorio d'un tratto di nuovo si sentiva nella sua voce.

Questa osservazione mi ha punto dolorosamente. Non mi aspettavo quello.

E non capivo che lei apposta si mascherava dietro la derisione, che è il normale ultimo trucco delle persone pudiche e caste di cuore, alle quali le si penetra in modo brutale e insistente nell'anima e che fino all'ultimo momento non cedono per orgoglio e hanno paura davanti a voi di esprimere il proprio sentimento. Già dalla timidezza con cui era arrivata, in diverse mosse, alla derisione, e solo alla fine si era decisa a pronunciarla, avrei dovuto indovinarlo. Ma non indovinavo, e un sentimento cattivo si è impadronito di me.

"Aspetta un po'" pensavo.

VII

«Eh, basta, Liza, ma quale libro, quando io stesso provo un tale schifo, se mi astraggo. Anzi, anche se non mi astraggo. Nella mia anima adesso si è risvegliato tutto... Possibile, possibile che non provi schifo anche tu qui? No, evidentemente, l'abitudine vuol dir molto! Lo sa il diavolo cosa l'abitudine può fare di una persona. Ma non penserai sul serio che non invecchierai mai, che sarai eternamente bella e ti terranno qui *in saecula saeculorum*? Per non parlare del fatto che anche qui è uno schifo... E del resto, ecco quel che ti voglio dire di questo, della tua vita di adesso; ecco, anche se adesso sei giovane, leggiadra, buona, con un'anima, con del sentimento; ebbene, ma lo sai che poco fa, appena mi sono svegliato, ho subito provato schifo di essere qui con te? Evidentemente solo da ubriachi si può capitare qui. Mentre se tu fossi in un altro posto, se vivessi come vive la brava gente, allora, forse, non solo ti farei la corte, ma semplicemente mi innamorerei di te, sarei lieto di un tuo sguardo, non dico di una parola; ti farei la posta davanti al tuo portone, mi metterei in ginocchio davanti a te; ti guarderei come una fidanzata, e ancora lo riterrei un onore. Non oserei pensare alcunché di impuro su di te. Mentre qui evidentemente so che mi basta fare un fischio, che tu, vuoi o non vuoi, mi devi seguire, e non sono io a dipendere dalla tua volontà, ma tu dalla mia. Anche l'ultimo dei mužikì che viene ingaggiato per un lavoro non asserve comunque tutto sé stesso, e poi sa che c'è un termine. Ma il tuo termine dov'è? Pensa soltanto: che cosa dai via qui dentro? Cosa asservi? L'anima, l'anima, su cui tu non hai autorità, la asservi insieme al corpo! L'amore tuo presti alla profanazione del primo ubriacone! L'amore! – ma evidentemente questo è tutto, ma evidentemente questo è il diamante, il tesoro di una fanciulla, proprio l'amore! E per meritare questo amore, qualcuno è disposto a mettere a rischio l'anima, ad affrontare la morte. E quanto viene valutato adesso il tuo amore? Sei tutta comprata, tutta intera, e a che scopo allora conquistarsi l'amore, quando anche senza amore tutto è possibile? Evidentemente non c'è offesa peggiore per una ragazza, lo capisci? Ecco, ho sentito dire, consolano voi sciocche – qui vi permettono di avere degli amanti. Ma evidentemente questo è solo un contentino, solo un inganno, solo una presa in giro ai vostri danni, e voi ci credete. Perché, lui, l'amante, ti ama forse davvero? Non ci credo. Come fa ad amarti, sapendo che possono chiamarti via da lui da un momento all'altro? Sarebbe proprio uno schifoso! Ha anche solo una goccia di rispetto per te? Che cos'hai in comune con lui? Si prende gioco di te e ti deruba – ecco qui tutto il suo amore! E va ancora bene se non ti picchia. O forse ti picchia, anche. Chiediglielo un po', se ne hai uno: pensa di sposarti? Ma scoppierà a riderti in faccia, se anche non ti sputerà addosso o non ti picchierà – e tutto quello che vale lui, forse – due soldi spezzati. E per che cosa, per quello che ne sai, ti sei rovinata la vita qui dentro? Perché ti danno da bere il caffè e ti danno da mangiare a sazietà? Ma evidentemente ti danno da mangiare per cosa? A un'altra, a una onesta, un boccone simile non le andrebbe giù, perché lo saprebbe per cosa glielo danno. Tu qui ti sei indebitata, e poi sarai sempre indebitata e fino alla fine di tutto sarai indebitata, fino a quando i clienti non cominceranno a schifarti. E questo momento arriva presto, non contare sulla gioventù. Qui evidentemente tutto vola su cavalli di posta. Finiranno per sbatterti fuori. E non solo ti sbatteranno fuori, ma prima per un pezzo si metteranno a prenderti in giro, si metteranno a riprenderti, si metteranno a imprecare – come se tu non avessi dato la tua salute, non avessi sacrificato invano la giovinezza e l'anima, ma l'avessi mandata in rovina, l'avessi costretta a vagabondare, rapinata. E non aspettarti sostegno: anche le altre tue amiche ti daranno addosso, per ingraziarsela, perché qui sono tutte in schiavitù, la coscienza e la pietà le hanno perse da tempo. Si sono invigliacchite, e ormai di più schifoso, più vigliacco, più offensivo di questi insulti non c'è nulla al mondo. E tu qui ci lasci tutto, tutto, senza riserve – e la salute, e la gioventù, e la bellezza, e le speranze, e a ventidue anni avrai l'aria di una trentacinquenne, e se non sei malata ti va ancora bene, prega Dio per questo. Evidentemente mi sa che tu adesso pensi che non devi nemmeno faticare, una pacchia! Ma un lavoro più pesante e più forzato al mondo non c'è né c'è mai stato. Sembra che già solo il cuore debba sciogliersi tutto in lacrime. E non oserai dire una parola, né una mezza parola, quando ti cacceranno via da qui, te ne andrai sentendoti in colpa. Passerai in un altro posto, poi in un terzo, poi ancora da qualche parte e ti ritroverai finalmente alla Sénnaâ. E là si metteranno a picchiarti così, *en passant*; è la gentilezza del posto; là il cliente di fare una carezza, senza aver prima picchiato, non è capace. Non ci credi che sia così disgustoso lì?

Vacci, un giorno o l'altro dai un'occhiata, magari riesci a vederlo con i tuoi occhi. Io una volta ne ho vista una proprio a Capodanno, sul portone. L'avevano sbattuta fuori i suoi cari per deriderla a congelarsi un pochino perché singhiozzava molto, e le avevano chiuso il portone dietro. E alle nove del mattino era già completamente ubriaca, scarmigliata, mezza nuda, massacrata di botte. Era incipriata, ma gli occhi erano neri; dal naso e dai denti le colava il sangue: un vetturino l'aveva appena conciata. Sedeva sui gradini di pietra, in mano aveva un pesce salato; singhiozzava, ripeteva una cantilena sul suo "dettino", e batteva il pesce sui gradini della scala. E davanti al *kryl'có* si erano affollati dei vetturini e dei soldati ubriachi e la prendevano in giro. Tu non ci credi, che sarai tale e quale? Anch'io non ci vorrei credere, ma vallo a sapere, forse dieci, forse otto anni fa questa stessa del pesce salato – era arrivata qui da non so dove fresca come un cherubino, innocente, pulitina; non conosceva il male, a ogni parola arrossiva. Forse era tale e quale a te, orgogliosa, suscettibile, diversa dalle altre, con lo sguardo come una regina e sapeva bene che tutta la fortuna aspettava quello che l'avrebbe amata e che lei avrebbe amato. Vedi come è finita? E se in quello stesso momento in cui batteva questo pesce sui gradini sporchi, ubriaca e scarmigliata, se in quel momento le fossero venuti in mente i suoi anni puri di un tempo, quando abitava nella casa del padre, quando andava ancora a scuola, e il figlio del vicino le faceva la posta per strada, le giurava che l'avrebbe amata per tutta la vita, che il suo destino apparteneva a lei, e quando insieme avevano stabilito di amarsi per sempre e sposarsi, non appena fossero diventati grandi! No, Liza, felicità, ti auguro felicità, se da qualche parte là, in un angolo, nello scantinato, come quella di oggi, morirai al più presto di tisi. Andare all'ospedale, dici? Diciamo pure che ti ci portino; ma se alla padrona servi ancora? La tisi è una malattia così; non è febbre. Qui fino all'ultimo istante una persona spera e dice di stare bene. Si fa delle illusioni. E per la padrona è vantaggioso. Sta' tranquilla, è così: l'anima, in pratica, l'hai venduta, e perdipiù le devi dei soldi, dunque non avrai nemmeno il coraggio di dire bah. E starai per morire, tutti ti lasceranno, tutti si gireranno dall'altra parte – perché ormai di te cosa ce ne si fa? Perdipiù ti rinfacceranno di occupare il posto per niente, di non morire abbastanza presto. Non potrai chiedere da bere, te ne daranno imprecando: "Ma quand'è che crepi, diranno, vigliacca; coi tuoi ansimi ci impedisci di dormire, ai clienti fa schifo". È vero; io stesso ho sentito parole del genere. Ti cacceranno, agonizzante, nell'angolo più puzzolente dello scantinato – buio, umidità; standotene lì da sola, allora, che cosa penserai? Morirai – ti raccoglieranno alla svelta, con mani estranee, brontolando, con impazienza – nessuno ti darà la benedizione, nessuno sospirerà per te, penseranno solo a toglierti di mezzo al più presto. Compreranno quattro assi, come quella di oggi, povera, l'hanno portata fuori, poi andranno a commemorarti all'osteria. Nella fossa fango, sporcizia, neve bagnata – per te vale la pena di fare cerimonie? "Dai, buttala giù, Vanûha; evidentemente il 'dettino' anche qui è andato a gambe all'aria, questa qua. Accorcia le corde, genio". "Va bene anche così". "Va bene cosa? Non vedi che sta sul fianco? Era anche lei una persona, o no? Vabbè dai, copri". Nemmeno di insultarsi per causa tua avranno voglia per un pezzo. Ti ricopriranno alla svelta di argilla celeste bagnata e se ne andranno all'osteria... E così finirà anche la tua memoria sulla terra; dagli altri i figli vanno a vedere la tomba, i padri, i mariti, per te invece – né una lacrima, né un sospiro, né un ricordo, e nessuno, nessuno mai in tutto il mondo verrà a trovarti; il tuo nome sparirà dalla faccia della terra – proprio come se non fossi mai esistita e non fossi mai nata! Fango e palude, hai voglia bussare contro il coperchio della bara di notte, quando i morti si alzano: "Lasciatemi andare, buona gente, a vivere nel mondo! Ho vissuto – ma la vita non l'ho conosciuta, la mia vita è stata spolverata con lo straccio; se la sono bevuta in un'osteria della Sénnaâ; fatemi uscire, brava gente, lasciatemi vivere ancora una volta al mondo!.."»

Ero entrato nel pathos fino al punto, che mi stava per venire uno spasmo alla gola, e... d'un tratto mi sono fermato, mi sono tirato su un po' spaventato e, chinando timoroso la testa, col cuore che batteva mi sono messo in ascolto. C'era di che turbarsi.

Da un pezzo ormai avevo il presentimento di averle scombussolato l'anima e spezzato il cuore, e, quanto più me ne accertavo, tanto più desideravo al più presto e con la maggior forza possibile raggiungere lo scopo. Il gioco, il gioco mi appassionava; del resto, non solo il gioco...

Sapevo che stavo parlando difficile, artificioso, financo libresco, in una parola, non sapevo fare diverso che "come un libro". Ma la cosa non mi turbava; sapevo infatti, presentivo, che sarei stato capito e che proprio questo tono libresco poteva fare ancora meglio al caso mio. Ma adesso, raggiunto l'effetto, a un tratto ho avuto paura. No, mai, mai ancora ero stato testimone di una disperazione del genere! Era distesa a pancia in giù, la faccia sprofondata nel cuscino che abbracciava con tutte e due le braccia. Le esplodeva il petto. Tutto il suo giovane corpo sussultava come in preda a convulsioni. I singhiozzi che le stringevano il petto la schiacciavano, la straziavano e d'un tratto eruttavano all'esterno in urla, in grida. Allora si premeva ancor più forte contro il cuscino: non voleva che qualcuno qui, nemmeno un'anima viva venisse a sapere della sua lacerazione e delle sue lacrime. Mordeva il cuscino, si morse a sangue una mano (l'ho visto dopo) oppure, dopo avere infilato le dita nelle trecce scomposte, si bloccava nello sforzo, trattenendo il respiro e stringendo i denti. Stavo per cominciare a dirle qualcosa, a chiederle di tranquillizzarsi, ma sentivo di non averne il coraggio, e d'un tratto, tutto preso da brividi, quasi terrorizzato, mi sono lanciato a tentoni, per uscire al più presto in strada. Era buio: per quanto mi sforzassi, non riuscivo a cavarmela in fretta. D'un tratto al tatto ho trovato una scatola di fiammiferi e un candeliere con una candela intera, nuova. Non appena la luce ha illuminato la stanza, Liza si è alzata di colpo, si è seduta e con la faccia stravolta, con un sorriso semifolle, mi ha osservato in modo quasi insensato. Mi sono seduto vicino a lei e le ho preso le mani; lei si è riavuta, si è gettata verso di me, voleva come abbracciarmi, ma non ha avuto il coraggio e in silenzio ha piegato la testa davanti a me.

«Liza, amica mia, ho fatto male... perdonami» ho fatto per cominciare, ma lei mi ha stretto le mani fra le sue dita con tanta forza, che ho indovinato che non stavo dicendo la cosa giusta, e ho smesso.

«Ecco il mio indirizzo, Liza, vieni da me».

«Verrò...» ha sussurrato decisa, continuando a non sollevare la testa.

«Adesso però vado, addio... arrivederci».

Mi sono alzato, si è alzata anche lei e d'un tratto è arrossita tutta, ha avuto un fremito, ha afferrato lo scialle posato sulla sedia e se lo è buttato sulle spalle fino al mento. Fatto questo, ha sorriso di nuovo addolorata, è arrossita e mi ha lanciato uno sguardo strano. Mi sentivo male; avevo fretta di andarmene, di filarmela.

«Aspettate» ha detto d'un tratto, già nel *seni*[52], proprio davanti alla porta, fermandomi con la mano per il pastrano, ha messo giù in fretta e furia la candela ed è corsa via – evidentemente le era venuto in mente qualcosa o voleva portarmela da vedere. Correndo via, è arrossita tutta, le brillavano gli occhi, sulle labbra le è comparso un sorriso – di che cosa si trattava? Ho aspettato controvoglia; lei è tornata dopo un minuto, con uno sguardo che sembrava quasi chiedere perdono per qualcosa. In generale non era più quella faccia, quello sguardo di prima – cupo, diffidente e ostinato. Il suo sguardo adesso era supplichevole, dolce, e nello stesso tempo fiducioso, tenero, timido. Così i bambini guardano quelli a cui vogliono molto bene e a cui stanno chiedendo qualcosa. Aveva gli occhi color

---

[52] Andito tra la parte residenziale dell'izbà e il *kryl'có*.

nocciola, occhi bellissimi, vividi, che sapevano riflettere in sé sia l'amore, sia un odio cupo.

Senza spiegarmi nulla – quasi che io, come un essere superiore, dovessi sapere tutto senza spiegazioni – mi ha proteso un foglio. Tutta la sua faccia risplendeva in questo momento del più ingenuo, quasi infantile trionfo. L'ho spiegato. Era la lettera indirizzata a lei di uno studente di medicina o qualcosa del genere – una dichiarazione d'amore ampollosa, fiorita, ma estremamente rispettosa. Non ricordo adesso le espressioni, ma ricordo benissimo che attraverso lo stile elevato traspariva un sentimento sincero, come non si può simulare. Quando ho finito di leggere, ho incontrato il suo sguardo ardente, curioso e infantilmente impaziente su di me. S'era incatenata con gli occhi sulla mia faccia e aspettava con impazienza – che cosa le avrei detto? In poche parole, in fretta, ma con alquanta gioia e quasi con orgoglio, mi ha spiegato che era stata a una serata danzante, in una casa privata, da certa "gente molto, molto perbene, *gente di famiglia*, dove non sanno *x*, proprio nulla" – perché lei qui ci stava solo da poco e solo così... e non aveva ancora assolutamente deciso se restare e se ne sarebbe andata di certo, appena pagato il debito... "Be', e là c'era questo studente, tutta la sera ha ballato, parlato con lei, ed era saltato fuori che l'aveva conosciuta già a Riga, da bambino, avevano giocato insieme, solo molto tempo fa – conosceva anche i genitori di lei, ma di questo non sapeva né sospettava niente di niente di niente! Ed ecco, il giorno dopo la festa da ballo (tre giorni prima), le aveva mandato quella lettera per mezzo dell'amica con cui lei era andata alla serata... e... ed ecco tutto".

Lei ha abbassato quasi con vergogna i suoi occhi brillanti, quando ha finito di raccontare.

Poverina, custodiva la lettera di questo studente come una cosa preziosa ed era corsa a prendere questa sua unica cosa preziosa, non volendo che me ne andassi senza sapere che qualcuno ama anche lei onestamente e sinceramente, che anche con lei qualcuno parla con rispetto. Probabilmente, era destino che questa lettera rimanesse in un cofanetto senza conseguenze. Ma fa lo stesso; sono sicuro che per tutta la vita l'avrebbe custodita come una cosa preziosa, come suo orgoglio e sua giustificazione, ed ecco che adesso in questo momento le era venuto in mente e aveva portato questa lettera, per vantarsene ingenuamente davanti a me, riscattarsi ai miei occhi, perché anch'io vedessi, perché anch'io la elogiassi. Non ho detto nulla, le ho stretto la mano e sono uscito. Avevo tanta voglia di andarmene... Ho fatto tutta la strada a piedi, malgrado la neve bagnata continuasse a cadere a larghe falde. Ero esausto, schiacciato, perplesso. Ma la verità già brillava da dietro la perplessità. Una verità schifosa!

VIII

Io, comunque, non ho accettato presto di riconoscere questa verità.

Svegliatomi al mattino dopo alcune ore di un sonno profondo, di piombo e ricordandomi subito di tutta la giornata di ieri, mi sono perfino stupito del mio *sentimentalismo* di ieri con Liza, di tutti questi "orrori e compassioni di ieri". "Evidentemente mi assale questo sconvolgimento nervoso da baba, puah!" ho stabilito. "E cosa mi è venuto in mente di rifilarle il mio indirizzo? Che faccio, se viene davvero? Ma sì, del resto, che venga pure; non fa nulla…"

Ma, *evidentemente*, la cosa principale e più importante adesso non era questa: dovevo sbrigarmi a salvare a qualsiasi costo e al più presto la mia reputazione agli occhi di Zverkóv e Sìmonov. Ecco qual era la cosa principale. E di Liza mi sono perfino del tutto dimenticato questa mattina, immerso nelle mie faccende

Prima di tutto bisognava restituire immediatamente il debito di ieri a Sìmonov. Mi sono deciso a un mezzo disperato: chiedere in prestito ben quindici rubli ad Antón Antónovič. Neanche a farlo apposta, questa mattina era di ottimo umore e me li ha dati subito, alla prima richiesta. Me ne sono rallegrato tanto che, firmando la ricevuta, con aria spavalda, *con noncuranza* gli ho comunicato che la sera prima "avevo fatto baldoria con gli amici all'*Hôtel de Paris*; avevamo salutato un compagno, anzi, si può dire un amico d'infanzia, e, sapete, è un gran bisboccione, viziato – beh, s'intende, di buona famiglia, con un patrimonio significativo, una carriera brillante, spiritoso, simpatico, se la intende con certe signore, capite: abbiamo bevuto una 'mezza dozzina' di troppo e…" E niente, però: tutto questo mi veniva molto facile, ero disinvolto e sicuro di me.

Quando sono tornato a casa, ho immediatamente scritto a Sìmonov.

Ancora oggi ammiro, quando ci ripenso, il tono da vero gentleman, benevolo, aperto della mia lettera. Abilmente e nobilmente, e, soprattutto, evitando del tutto le parole superflue, mi sono preso la colpa di tutto. Mi giustificavo, "se pure mi era ancora concesso giustificarmi", col fatto che, per la totale disabitudine all'alcol, mi ero ubriacato fin dal primo bicchierino, che (così dicevo) avevo bevuto ancor prima che arrivassero mentre li aspettavo all'*Hôtel de Paris* dalle cinque alle sei. Chiedevo scusa in primo luogo a Sìmonov; e lo pregavo di trasmettere le mie spiegazioni anche a tutti gli altri, soprattutto a Zverkóv, che, "mi sembra di ricordare, come attraverso un sogno", forse avevo offeso. Aggiungevo che sarei andato io stesso da tutti loro, ma avevo mal di testa, e soprattutto – mi vergognavo. Ero particolarmente contento di questa "certa facilità", quasi negligenza (comunque, del tutto beneducata), che d'un tratto si rifletteva nella mia penna e meglio di tutte le ragioni possibili, subito, faceva capire loro che guardavo «a tutto questo obbrobrio di ieri» in modo del tutto distaccato; per nulla contrito, come voi, signori, probabilmente pensate, ma al contrario, guardo come si deve guardare a questo con la tranquillità del gentleman che si rispetta. Il passato, dicono, non è di rimprovero al bravo.

"Anche un po' di giocosità da marchese?" ammiravo io, rileggendo il biglietto. "E tutto grazie al fatto che sono una persona evoluta e istruita! Altri al mio posto non saprebbero come tirarsene fuori, mentre me la sono già sbrogliata e torno a far baldoria, e tutto perché sono 'una persona istruita ed evoluta del nostro tempo'. E poi, magari, è stata proprio colpa della vodka, ieri. Hmm... anzi no, non della vodka. Di vodka non ne ho bevuta affatto, dalle cinque alle sei, mentre li aspettavo. Ho mentito a Sìmonov; ho mentito senza vergogna; e nemmeno adesso mi vergogno..."

E comunque, chi se ne frega! L'importante è che ce l'ho fatta.

Ho messo nella lettera i sei rubli, l'ho sigillata e ho chiesto ad Apollón di portarla a Sìmonov. Dopo aver saputo che nella lettera c'erano dei soldi, Apollón è diventato più rispettoso e ha accettato di andare. Verso sera sono uscito a fare una passeggiata. La testa mi faceva ancora male e mi girava dal giorno prima. Ma più veniva sera e più si addensava il crepuscolo, più cambiavano e si confondevano le mie impressioni, e dietro di loro anche i pensieri. Qualcosa non moriva dentro di me, nel profondo del cuore e della coscienza, non voleva morire e si esprimeva in un'angoscia bruciante. Gironzolavo soprattutto per le vie più frequentate, battute, per le Mêsanskie, per la Sadovaâ, intorno al Giardino Ûsupov. Mi è sempre piaciuto particolarmente passeggiare per queste vie al crepuscolo, proprio quando vi si infittisce la folla di qualsiasi passante, operai e artigiani, con la faccia preoccupata fino alla cattiveria, che dal guadagno diurno si disperde per le case. Mi piaceva proprio questo trambusto da quattro soldi, questa prosaicità sfacciata. Questa volta tutta questa calca per la via mi irritava ancora di più. Non riuscivo proprio a fare i conti con me stesso, a rimettermi insieme. Qualcosa si sollevava, mi si sollevava ininterrottamente, con dolore, nell'anima, e non voleva placarsi. Del tutto sconvolto sono tornato a casa. Era come se sull'anima mi pesasse un crimine.

Mi tormentava costantemente il pensiero che venisse Liza. Mi pareva strano che di tutti questi ricordi del giorno prima il ricordo di lei mi tormentasse in modo particolare, in modo del tutto separato. Di tutto il resto verso sera avevo già fatto in tempo a dimenticarmi completamente, avevo scacciato il pensiero con la mano e restavo ancora del tutto soddisfatto della mia lettera a Sìmonov. Ma qui in qualche modo non ero soddisfatto. Proprio come se io mi tormentassi per la sola Liza. "E se viene?" pensavo ininterrottamente. "E va beh, non fa niente, che venga pure. Hmm. Già il solo fatto che lei veda, per esempio, come vivo, è orrendo. Ieri davanti a lei mi sono fatto vedere in un certo modo... come un eroe... e adesso, hmm! Del resto, comunque, è orrendo che io mi sia lasciato andare così. In casa c'è solo miseria. E ieri ho preso la decisione di andare a un pranzo con un abito del genere! E il mio divano di tela cerata, dal quale spunta l'imbottitura! E la mia vestaglia, con la quale non riesco a coprirmi! Che stracci... E lei vedrà tutto questo; e vedrà Apollón. Questa bestia, probabilmente, la offenderà. La importunerà per essere scortese con me. E io, naturalmente, come al solito, farò il pauroso, mi metterò a trottare davanti a lei, a coprirmi con le falde della vestaglia, mi metterò a sorridere, mi metterò a mentire. Uh, che orrore! Ma non sta in questo l'orrore più importante! Qui c'è qualcosa di più importante, di più schifoso, di più vigliacco! sì, di più vigliacco! E di nuovo, di nuovo indossare questa maschera disonorevole, menzognera!.."

Arrivato a questo pensiero, sono proprio esploso: "Perché, disonorevole? Come, disonorevole? Ero sincero ieri mentre parlavo. Ricordo che in me c'era anche un sentimento autentico. Volevo proprio suscitare in lei dei sentimenti nobili... se ha pianto un po', questa è una buona cosa, le farà bene…"

Ma tuttavia non riuscivo in nessun modo a tranquillizzarmi.

Per tutta questa serata, già quando ero tornato a casa, già dopo le nove, quando, secondo i miei calcoli Liza non poteva certo venire, lei mi si presentava nella fantasia e, soprattutto, me la ricordavo sempre nella stessa posizione. Proprio un solo momento di tutto il giorno avanti mi appariva con particolare chiarezza: ossia quando con il fiammifero avevo illuminato la stanza e avevo visto la sua faccia pallida, deformata, con lo sguardo da martire. E che sorriso patetico, che sorriso innaturale, che sorriso deformato aveva in quell'istante! Ma allora non sapevo ancora che anche quindici anni dopo mi sarei rappresentato Liza proprio con questo sorriso patetico, deformato, superfluo che aveva in quell'istante.

L'indomani ero già di nuovo pronto a considerare tutto questo un'assurdità, un esaurimento nervoso, e soprattutto – *un'esagerazione*. Ero sempre stato consapevole di questa mia corda debole e talvolta ne avevo molta paura: "Esagero sempre tutto, è lì che zoppico" ripetevo a me stesso ogni ora. Ma, del resto, "del resto Liza, nonostante tutto, magari, verrà" – ecco il ritornello con cui si concludevano tutti i miei ragionamenti di allora. Mi inquietavo al punto, che talvolta m'indemoniavo. "Verrà! Verrà senz'altro!" esclamavo io, correndo per la stanza. "se non oggi, verrà domani, ma mi troverà! Ed è fatto così il maledetto romanticismo di tutti questi *cuori puri*! Oh abominio, oh stupidità, oh limitatezza di queste 'schifose anime sentimentali'! Beh, come

non capire, come si fa, dico io, a non capire?.."
Ma a questo punto mi fermavo da solo, e anche profondamente turbato.

"E che poche, che poche parole" pensavo di sfuggita "ci sono volute, quanto poco idillio c'è voluto (e oltretutto idillio posticcio, libresco, artefatto), per girare a mio piacere tutta un'anima umana. Eccola, la verginità! Eccola, la freschezza del terreno!"

A volte mi veniva il pensiero di andare io da lei, "raccontarle tutto" e convincerla a non venire da me. Ma a questo punto, a questo pensiero, in me si alzava una tale cattiveria, che credo avrei semplicemente schiacciato questa "maledetta" Liza, se a un tratto me la fossi trovata accanto, l'avrei offesa, le avrei sputato addosso, l'avrei scacciata, l'avrei picchiata!

È passato, però, un giorno, un secondo, un terzo – lei non veniva, e io cominciavo a tranquillizzarmi. In particolare mi rassicuravo e mi lasciavo andare dopo le nove di sera, addirittura mi mettevo a volte a sognare a occhi aperti, e piuttosto dolcemente: "Io, per esempio, salvo Liza, proprio per il fatto che lei viene da me, e io le parlo... Io la faccio evolvere, la istruisco. Io, alla fine, mi accorgo che lei mi ama, mi ama appassionatamente. Fingo di non capire (non so, tra l'altro, perché fingo; così, per bellezza, verosimilmente). Finalmente lei, tutta turbata, bellissima, tremando e singhiozzando, mi si getta ai piedi e dice che io sono il suo salvatore e che lei mi ama più di tutto al mondo. Io mi meraviglio, ma... 'Liza' dico 'credi davvero che non mi sia accorto del tuo amore? Io vedevo tutto, indovinavo, ma non osavo attentare al tuo cuore per primo, perché avevo un'influenza su di te e avevo paura che tu, per nobiltà, ti saresti costretta apposta a ricambiare il mio amore, e ti saresti suscitato a forza un sentimento che magari non c'era, e io questo non lo volevo, perché questo... è dispotismo... È indelicato (beh, insomma, io qui mi abbandonavo a qualche sottigliezza europea inspiegabilmente nobile alla George Sand...). Ma ora, ora – sei mia, sei la mia creatura, sei pura, sei bellissima, sei – la mia bellissima moglie'.

E in casa mia audace e libera
Da piena padrona entra![53]

"Dopodiché cominciamo a vivere felici e contenti, andiamo all'estero, eccetera, eccetera". In una parola, la cosa diventava meschina anche per me, e finivo per farmi una linguaccia.
"E poi non la lasceranno andare, l'"infame'!" pensavo. "Evidentemente non le lasciano uscire troppo a passeggio, tanto meno di sera (a me per qualche motivo sembrava che necessariamente dovesse venire di sera, e precisamente alle sette). Ma, del resto, ha detto che non si è ancora venduta del tutto, là dentro, che gode di diritti particolari; quindi, hmm! Che il diavolo mi porti, verrà, verrà di sicuro!"
Andava ancora bene che in questo periodo Apollón mi distraeva con la sua maleducazione. Mi faceva scappare anche l'ultima pazienza! Era la mia piaga, il flagello inviatomi dalla Provvidenza. Io e lui ci punzecchiavamo senza tregua, ormai da diversi anni di fila, e io lo

---

[53] Versi conclusivi della poesia di Nekrasov «Quando dalle tenebre del delirio» (1845).

odiavo. Mio Dio, come lo odiavo! Nessun altro in vita mia, mi sembra, ho mai odiato così, come lui, soprattutto in certi momenti. Era una persona anziana, con aria d'importanza, che ogni tanto faceva anche il sarto. Ma non si sa perché, mi disprezzava, addirittura oltre ogni misura, e mi guardava insopportabilmente dall'alto in basso. Del resto, tutti li guardava dall'alto in basso. Bastava dare un'occhiata a questa testa di stoppa, pettinata liscia, a questo ciuffo che lui si rigonfiava in fronte e si ungeva di olio di magro, a questa bocca importante, sempre a forma di *ižica*[54] – che voi vi sentivate davanti un essere che non dubitava mai di sé stesso. Era un pedante al massimo grado, e il più gigantesco pedante di tutti quelli che ho incontrato sulla terra; e il tutto con un amor proprio che sarebbe forse andato bene soltanto per Alessandro il Macedone. Era innamorato di ogni suo bottone, di ogni sua unghia – innamorato perso, ne aveva l'aria! Aveva con me un atteggiamento del tutto dispotico, parlava estremamente poco con me, e se gli capitava di rivolgermi un'occhiata, mi guardava con uno sguardo duro, maestosamente superbo e costantemente derisorio, che a volte mi faceva indemoniare. Svolgeva le sue mansioni con l'aria di farmi un grandissimo favore. Del resto, non faceva quasi proprio nulla per me e anzi non si considerava nemmeno in obbligo di fare qualcosa. Non ci potevano essere dubbi che mi considerasse l'ultimo dei cretini al mondo, e se

---

[54] Ultima lettera dell'alfabeto cirillico antico che corrispondeva al suono «i»: Ѵ.

"mi teneva con sé", lo faceva unicamente perché da me poteva ricevere ogni mese lo stipendio. Accettava di "non far nulla" per me per sette rubli al mese. Per lui mi saranno perdonati molti peccati. Arrivavo certe volte a un odio tale, che mi faceva quasi venire le convulsioni la sola sua andatura. Ma soprattutto mi faceva schifo come biascicava le esse. Aveva la lingua un po' più lunga del dovuto, o qualcosa del genere, per cui biascicava e sibilava e, a quanto pare, ne andava terribilmente fiero, immaginando che ciò gli conferisse moltissima dignità. Parlava piano, con misura, tenendo le mani dietro la schiena e abbassando gli occhi a terra. Mi faceva particolarmente indemoniare quando si metteva a leggere il Salterio dietro il suo tramezzo. Molte battaglie ho sopportato per questa lettura. Ma a lui piaceva un mondo leggere la sera, con voce sommessa, monotona, a cantilena, come per un morto. È curioso che abbia fatto proprio quella fine: adesso viene reclutato per leggere il Salterio per i defunti, e oltre a questo stermina i topi e fa lucido da scarpe. Ma allora non potevo scacciarlo, era come fuso chimicamente con la mia esistenza. Perdipiù lui non avrebbe accettato di andarsene per nessun motivo. Io non potevo assolutamente vivere in una *chambre garnie*: il mio appartamento era la mia reggia, il mio guscio, il mio astuccio, in cui mi nascondevo a tutta l'umanità, e Apollón, sa il diavolo perché, mi sembrava appartenente a questo appartamento, e io per ben sette anni interi non sono riuscito a scacciarlo.

Trattenere, per esempio, il suo stipendio anche solo per due, tre giorni, era impossibile. Avrebbe fatto una storia tale, che non avrei saputo dove sbattere la testa. Ma in questi giorni ero a tal punto incattivito con tutti, che ho deciso, per qualche motivo e chissà perché, di *punire* Apollón e di non pagargli lo stipendio per altre due settimane. Era già un pezzo, un paio d'anni, che mi apprestavo a farlo – unicamente per dimostrargli che non avrebbe più osato darsi tante arie d'importanza con me e che, se volevo, potevo sempre non dargli lo stipendio. Ho deciso di non parlargliene e anzi di tacere apposta per vincere il suo orgoglio e costringerlo a menzionare lui stesso, per primo, lo stipendio. Allora avrei tirato fuori tutti i sette rubli dal cassetto, gli avrei fatto vedere che li avevo e li tenevo da parte appositamente, ma che "non volevo, non volevo, semplicemente non volevo pagargli lo stipendio, non volevo perché così mi garbava", perché quello era "il mio volere di padrone", perché lui era irrispettoso, perché era un villanzone; ma che se me l'avesse chiesto rispettosamente, allora, forse, mi sarei raddolcito e gliel'avrei dato; altrimenti avrebbe aspettato altre due settimane, ne avrebbe aspettate tre, avrebbe aspettato un mese intero...

Ma per quanto fossi incattivito, è stato comunque lui a vincere. Non ho resistito nemmeno quattro giorni. Ha cominciato come cominciava sempre in casi simili, perché di casi simili c'erano già stati, erano già stati tentati (e, osservo, sapevo tutto in anticipo, conoscevo a memoria la sua tattica vigliacca), ossia: cominciava col puntare su di me, magari, uno sguardo estremamente severo, senza distoglierlo per diversi minuti di seguito, soprattutto venendomi ad aprire o accompagnandomi quando uscivo. Se, per esempio, io resistevo e facevo finta di non accorgermi di questi sguardi, lui, sempre tacendo, procedeva con ulteriori supplizi. D'un tratto, magari, senza nessun motivo, entrava silenzioso e delicato in camera mia, mentre camminavo su e giù o leggevo, si fermava sulla porta, metteva una mano dietro la schiena, scostava una gamba e puntava su di me il suo sguardo, non tanto severo, quanto di assoluto disprezzo. Se d'un tratto gli chiedevo di che cosa avesse bisogno – non rispondeva nulla, continuava a guardarmi con insistenza ancora alcuni secondi, poi, stringendo le labbra in un modo particolare, con aria molto significativa, lentamente girava su sé stesso e lentamente se ne andava in camera sua. Dopo un paio d'ore a un tratto usciva di nuovo e di nuovo mi compariva davanti allo stesso modo. Capitava che io, indemoniato, non gli domandassi nemmeno di che cosa avesse bisogno, ma semplicemente sollevassi brusco e imperioso la testa e mi mettessi a mia volta a guardarlo con insistenza. Così ci fissavamo, talvolta, per un paio di minuti; finalmente lui si voltava, lento e con aria d'importanza, e se ne andava di nuovo per due ore.

Se nemmeno questo bastava a farmi tornare alla ragione e continuavo a ribellarmi, lui d'improvviso cominciava a sospirare, guardandomi, a sospirare a lungo, profondamente, come misurando con questo solo sospiro tutta la profondità della mia caduta morale, e, s'intende, finalmente andava a finire che mi sconfiggeva del tutto: io m'indemoniavo, gridavo, ma quello di cui si trattava ero comunque costretto a eseguirlo.

In questo periodo non appena sono iniziate le solite manovre di "sguardi severi", sono subito uscito di me e mi sono avventato contro di lui indemoniato. Ero già troppo sconvolto senza che ci si mettesse anche lui.

«Férmati!» mi sono messo a gridare in un accesso, mentre lui lento e in silenzio si girava, con una mano dietro la schiena, per andarsene in camera sua «férmati! Gìrati, gìrati, ti dico!» e, evidentemente, ho sbraitato in modo così innaturale, che lui si è girato e addirittura con un certo stupore s'è messo a scrutarmi. Del resto, continuava a non dire una parola, e proprio questo mi faceva indemoniare.

«Come osi entrare da me senza che ti abbia chiamato e guardarmi così? Rispondi!»

Ma dopo avermi guardato tranquillo per mezzo minuto, ha cominciato a girarsi di nuovo.

«Fèrmati!» ho muggito, correndo da lui. «Non ti muovere! Così. Adesso rispondi: cosa sei entrato a guardare?»

«Se adesso avete qualcosa da ordinarmi, il mio compito è eseguire» ha risposto lui, dopo un altro silenzio, biascicando piano e con ritmo, inarcando le sopracciglia e piegando tranquillo la testa da una spalla all'altra — e tutto questo con una tranquillità terrificante.

«Non è questo, non è questo che domando, boia!» mi sono messo a urlare, tremando di cattiveria. «Te lo dico io, boia, io, perché vieni qui: tu vedi che non ti pago lo stipendio, non vuoi, per orgoglio, abbassarti a chiedere, e quindi vieni con i tuoi sguardi stupidi a punirmi, a tormentarmi, e non sos-spetti, tu, boia, quanto questo sia stupido, stupido, stupido, stupido, stupido!»

Stava per voltarsi di nuovo, ma io l'ho preso.

«Ascolta» gli ho gridato. «Ecco i soldi, vedi; eccoli! (li ho tirati fuori dal cassetto del tavolino). Tutti i sette rubli, ma non li riceverai, non li rice-e-everai, finché non verrai a chiedermi scusa rispettosamente, a testa bassa. Hai sentito?»
«Quello non può succedere!» ha risposto lui con una sicurezza di sé financo innaturale.
«Lo sarà!» ho gridato «ti do la mia parola d'onore che lo sarà!»
«E poi non ho di che chiedervi perdono» continuava, come se non si accorgesse affatto delle mie grida «perché voi mi avete chiamato "boia", per la qual cosa posso sempre denunciarvi per oltraggio alla polizia».
«Vacci! Denunciami!» mi sono messo a ruggire «vacci subito, in questo minuto, in questo secondo! Però tu sei comunque un boia! boia! boia!» Ma lui mi ha solo guardato, poi si è girato e, senza più ascoltare le mie grida di sfida, se ne è andato dritto nel suo angolo, senza voltarsi.
"Se non fosse per Liza, niente di tutto questo sarebbe successo!" ho deciso tra me. Quindi, dopo essere rimasto fermo un minuto, con aria importante e solenne, ma con il cuore che mi martellava lento e con forza, mi sono diretto io stesso da lui dietro il tramezzo.
«Apollón!» ho detto piano e scandendo le sillabe, ma ansimando «va' immediatamente e senza indugi a chiamare il poliziotto di quartiere!»
Lui nel frattempo si era già seduto al suo tavolo, aveva inforcato gli occhiali e preso in mano qualcosa da cucire. Ma, sentito il mio ordine, d'un tratto si è lasciato scappare mezza risata.
«Subito, va' in quest'istante! Va' – va', o non ti immagini nemmeno quello che succede!»

«Voi siete davvero fuori di senno» ha osservato, senza nemmeno sollevare la testa, sempre biascicando con lentezza e continuando a infilare l'ago. «E dove si è mai visto che una persona vada a chiamare le autorità contro sé stesso? E per quanto riguarda la paura – vi sforzate inutilmente, perché – non ne verrà nulla».

«Vai!» ho strillato io, prendendolo per una spalla. Sentivo che stavo per picchiarlo.

Ma non avevo nemmeno sentito che in questo momento d'un tratto la porta del *seni* si era aperta piano e lentamente e una figura era entrata, si era fermata e sbalordita s'era messa a osservarci. Ho lanciato uno sguardo, sono rimasto pietrificato dalla vergogna e mi mi sono precipitato in camera mia. Là, prendendomi con entrambe le mani i capelli, mi sono appoggiato con la testa al muro e sono rimasto immobile in questa posizione.

Dopo un paio di minuti si sono sentiti i passi lenti di Apollón.

«C'è di là *una* che chiede di voi» ha detto, guardandomi con particolare severità, poi si si è fatto da parte e ha fatto entrare – Liza. Lui non voleva andarsene e osservava noi con derisione.

«Vattene! Vattene!» ho comandato sentendomi perso. In questo momento il mio orologio ha fatto uno sforzo, ha sibilato e ha battuto le sette.

IX

E in casa mia audace e libera
Da piena padrona entra!

Le stavo davanti disperato, svergognato, disgustosamente imbarazzato e, credo, sorridevo, cercando con tutte le mie forze di coprirmi con i lembi della mia vestagliuccia stracciata, imbottita d'ovatta, beh punto per punto come poco prima, quando mi ero perso d'animo, me l'ero immaginato. Apollón, dopo avere presidiato lo spazio sopra di noi per un paio di minuti, se n'è andato, ma non mi sono sentito meglio. Peggio ancora è che lei pure era imbarazzata, fino a un punto che non mi aspettavo. Guardandomi, s'intende.

«Siediti» ho detto macchinalmente e le ho avvicinato la sedia della scrivania, mentre io mi sedevo sul divano. Lei ci si è seduta subito obbediente, guardandomi con gli occhi spalancati e, evidentemente, aspettandosi qualcosa da me. Proprio questa ingenuità dell'attesa mi ha indemoniato, ma mi sono trattenuto.

Qui avrebbe potuto sforzarsi di non fare caso a nulla, come se tutto fosse come al solito, mentre lei... E sentivo vagamente che lei me l'avrebbe pagata cara *per tutto questo*.

«Mi hai trovato in una situazione strana, Liza» ho cominciato, balbettando e sapendo che proprio così non avrei dovuto cominciare.

«No, no, non pensare chissà cosa!» ho gridato, vedendo che d'un tratto era arrossita «io non mi vergogno della mia povertà... Al contrario, guardo con orgoglio alla mia povertà. Sono povero, ma nobile... Si può essere poveri e nobili» borbottavo. «Comunque... vuoi del tè?»

«No...» stava per cominciare.

«Aspetta!»

Ho fatto uno scatto e sono corso da Apollón. Bisognava pur sparire da qualche parte.

«Apollón» ho sussurrato con rapidità febbrile, buttandogli davanti i sette rubli, rimasti per tutto il tempo nel mio pugno «eccoti lo stipendio; vedi, te lo do; ma però tu devi salvarmi: porta immediatamente del tè dalla trattoria e dieci biscotti. Se non vuoi andare, farai una persona infelice! Tu non sai che donna è questa... È – tutto! Tu, forse, pensi qualcosa... Ma tu non sai che donna è questa!..»

Apollón, che si era già seduto a lavorare e aveva rimesso gli occhiali, dapprima, senza lasciare l'ago, lanciò un'occhiata obliqua ai soldi in silenzio; poi, senza prestarmi alcuna attenzione e senza rispondermi nulla, ha continuato ad armeggiare col filo, che non era ancora riuscito a infilare nella cruna. Ho aspettato per tre minuti buoni, stando in piedi davanti a lui, con le braccia conserte *à la Napoléon*. Avevo le tempie bagnate di sudore; ero pallido, lo sentivo. Ma, grazie a Dio, devo avergli fatto pena, quando mi ha guardato. Quando ha finito col suo filo, si è alzato lentamente dal posto, lentamente ha scostato la sedia, lentamente si è tolto gli occhiali, lentamente ha ricontato i soldi e infine, dopo avermi chiesto con la coda dell'occhio se doveva comprare una porzione intera, lentamente è uscito dalla camera. Mentre tornavo da Liza, strada facendo mi è venuto in mente: e se me ne scappassi così, come sono, con la vestaglietta, nella direzione in cui guardano gli occhi, e che sarà sarà?

Mi sono seduto di nuovo. Lei mi guardava con inquietudine.

Per alcuni minuti siamo stati in silenzio.

«Lo ammazzo!» ho gridato d'un tratto, battendo il pugno forte sul tavolo, tanto che l'inchiostro è schizzato dal calamaio.

«Ah, che cosa dite!» ha gridato lei, riscuotendosi.

«Io lo ammazzo, lo ammazzo!» strillavo, picchiando il tavolo, del tutto frenetico e nello stesso tempo capendo del tutto quanto era stupido essere così frenetico.

«Tu non sai, Liza, che cos'è questo boia per me. Lui è il mio boia... Adesso è andato a prendere dei biscotti; lui...»

E d'un tratto mi sono sciolto in lacrime. Era un attacco. Quanto mi vergognavo tra i singhiozzi; ma ormai non riuscivo più a trattenermi. Lei si è spaventata.

«Cosa avete! cosa vi succede?» gridava, affaccendandosi intorno a me.

«Acqua, dammi dell'acqua, è lì!» mormoravo con voce flebile, rendendomi conto del resto, fra me, che avrei potuto benissimo fare a meno dell'acqua e di mormorare con voce flebile. Ma, come si suol dire, *facevo del teatro*, per salvare il decoro, benché l'attacco fosse autentico.

Lei mi ha porto l'acqua, guardandomi come sperduta. In questo momento Apollón ha portato il tè. D'un tratto mi è sembrato che questo normale e prosaico tè fosse orrendamente inappropriato e misero dopo tutto quel che era stato, e sono arrossito. Liza guardava Apollón addirittura con spavento. Lui è uscito senza nemmeno guardarci.

«Liza, tu mi disprezzi?» ho detto, fissandola, tremando per l'impazienza di sapere che cosa pensava.

Lei si è imbarazzata e non sapeva rispondere nulla.

«Bevi il tè!» ho detto incattivito. Ero arrabbiato con me stesso, ma, s'intende, chi doveva farne le spese era lei. Una rabbia tremenda contro di lei cominciava a un tratto a ribollire nel mio cuore; l'avrei ammazzata, mi sembra. Per vendicarmi, ho giurato mentalmente di non dirle nemmeno una parola per tutto il tempo. "Perché è lei la causa di tutto" pensavo.

Il nostro silenzio durava da cinque minuti. Il tè era sul tavolo; noi non l'avevamo toccato: sono arrivato al punto che apposta non volevo cominciare a bere per renderle la cosa ancora più pesante; e lei si sentiva a disagio a cominciare. Diverse volte mi lanciava occhiate con triste perplessità. Io cocciutamente stavo zitto. Il martire principale ero, naturalmente, io, perché ero pienamente cosciente di tutta la ripugnante bassezza della mia stupidità cattiva, e nello stesso tempo non riuscivo in nessun modo a controllarmi.

«Io da là... voglio... proprio andarmene» ha cominciato lei, per rompere in qualche modo il silenzio, ma, povera! proprio di questo non bisognava mettersi a parlare, in un momento, già così, stupido, a una persona già così, stupida, come me. Il cuore mi si strinse perfino di pena per la sua goffaggine e inutile franchezza. Ma qualcosa di mostruoso ha represso subito in me tutta la pena; anzi, mi ha incitato ancora di più; al diavolo tutto al mondo! Sono passati altri cinque minuti.

«Vi disturbo?» ha cominciato timidamente, in modo appena percettibile, e ha fatto per alzarsi.

Ma appena ho visto questa prima scintilla di dignità offesa, mi sono messo a tremare di cattiveria e sono esploso subito.

«Perché sei venuta da me, dimmelo, per favore?» ho cominciato, ansimando e non riuscendo nemmeno a venire a capo dell'ordine logico delle mie parole. Volevo dire tutto insieme, in una volta; non mi preoccupavo nemmeno da dove cominciare.

«Perché sei venuta? Rispondi! Rispondi!» ho gridato, controllandomi a stento. «Te lo dico io, madre mia, perché sei venuta. Sei venuta perché allora ti ho detto delle *parole patetiche*[55]. E allora ti sei intenerita e ti è venuta di nuovo voglia di "parole patetiche". Allora sappi, sappilo, che allora mi sono preso gioco di te. E anche adesso mi sto prendendo gioco. Cosa tremi? Sì, mi sono preso gioco di te! Prima di arrivare, a cena, mi avevano offeso quelli che erano arrivati prima di me. Ero venuto da voi per riempire di botte uno di loro, un ufficiale; ma non ci sono riuscito, non l'ho trovato; bisognava pure riversare l'offesa su qualcuno, riprendermi quello che era mio: mi sei capitata a tiro tu, e su di te ho riversato il male e mi sono preso gioco di te. Mi avevano umiliato, e allora anch'io volevo umiliare; mi avevano trattato come uno straccio, e allora io volevo mostrare il mio potere... Ecco cos'è stato, e tu invece pensavi che fossi venuto apposta per salvarti, eh? L'hai pensato? L'hai pensato?»

Sapevo che lei, forse, si sarebbe confusa e non avrebbe capito i particolari; ma sapevo anche che avrebbe capito benissimo la sostanza. E così è successo. È impallidita come un fazzoletto, voleva dire qualcosa, le labbra le si sono contorte dolorosamente; ma come se l'avessero tagliata in

---

[55] Citazione da *Oblomov* di Gončarov. Zahar chiamava così le prediche del suo bàrin.

due con una scure, è ricaduta sulla sedia. E per tutto il tempo poi mi ascoltava a bocca aperta, spalancando gli occhi e tremando per la terribile paura. Il cinismo, il cinismo delle mie parole la opprimeva...

«Salvare!» continuavo io, scattando dalla sedia e correndo avanti e indietro per la stanza davanti a lei «salvare da cosa! Ma se io, forse, sono peggio di te! Perché allora non mi hai sbattuto sul muso, mentre ti recitavo quei sermoni: "E tu perché eri venuto da noi? Per insegnarci la morale, forse?" Di potere, di potere avevo bisogno allora, di recitazione avevo bisogno, di ottenere le tue lacrime, la tua umiliazione, il tuo isterismo – ecco di cosa avevo bisogno allora! Evidentemente poi non l'ho sopportato lo stesso, perché sono una schifezza, mi sono spaventato, e il diavolo sa perché stupidamente ti ho dato il mio indirizzo. Così dopo io, prima ancora di arrivare a casa, imprecavo già contro di te per questo indirizzo. Ormai ti odiavo perché allora ti avevo mentito. Perché volevo soltanto giocare un po' a parole, fantasticare con la testa, mentre di fatto mi serve, sai cosa: che andiate in malora, ecco cosa! Mi occorre tranquillità! E pur di non essere disturbato, adesso venderei tutto il mondo per una copeca. Preferisco che vada in malora il mondo, o che io possa bere il mio tè? Io rispondo: che vada in malora il mondo, basta che io possa bere il mio tè. Lo sapevi questo, oppure no? Ecco, e invece io lo so che sono una canaglia, un vigliacco, un narcisista, un pigrone. Ho tremato per tutti questi tre giorni, per il terrore che tu venissi. E sai che cosa mi preoccupava più di tutto in questi tre giorni? Che allora avevo recitato la parte dell'eroe davanti a te, mentre qui a un tratto mi avresti visto con questa vestaglietta stracciata, misero, ributtante. Ti ho detto prima che non mi vergogno della mia povertà; ebbene, sappi che me ne vergogno, me ne vergogno più di ogni altra cosa, la temo più di ogni altra cosa, più che se rubassi, perché sono vanitoso come se mi avessero strappato la pelle, e ormai anche l'aria mi fa male. Ma possibile che tu nemmeno adesso abbia indovinato che io non ti perdonerò mai di avermi trovato con indosso questa vestaglietta, mentre mi avventavo, come un cagnetto rabbioso, contro Apollón? Il salvatore, il presunto eroe, si avventa come un botolo tignoso, spelacchiato contro il suo lacchè, e quello ride di lui! Anche le lacrime di prima, che non ho saputo trattenere davanti a te, come una baba svergognata, non te le perdonerò mai! E anche quello che adesso ti sto confessando non te lo perdonerò mai. Sì — tu, tu sola devi rispondere di tutto questo, perché mi sei capitata a tiro, perché sono un mascalzone, perché sono il più schifoso, il più ridicolo, il più meschino, il più stupido, il più invidioso di tutti i vermi della terra, che non sono affatto migliori di me, ma che, sa il diavolo perché, non sono mai imbarazzati; mentre invece io per tutta la vita da qualsiasi pidocchio continuerò a ricevere schiaffi — e questa è una mia caratteristica! E che me ne importa, se tu non capirai niente di tutto questo! E che cosa, ma che cosa, che cosa mai me ne importa di te, e se là ti stai rovinando oppure no? Ma lo capisci come adesso, dopo averti detto questo, ti odierò solo perché sei stata qui e hai ascoltato? Evidentemente una persona si confessa così soltanto una volta nella vita, e anche quello solo in preda all'isteria!.. Che vuoi ancora? Che cosa fai ancora, dopo tutto questo, impalata davanti a me, perché mi tormenti, perché non te ne vai?»

Ma qui d'un tratto è occorsa una circostanza strana.

Finora ero abituato a pensare e immaginare tutto, da manuale, e figurarmi tutto al mondo come me l'ero visto prima nelle mie fantasie, al punto che non ho nemmeno capito subito questa strana circostanza. Ed è successo questo: Liza, offesa e oppressa da me, ha capito molto più di quanto immaginassi. Ha capito, di tutto questo, ciò che una donna capisce sempre prima di ogni altra cosa, se ama veramente, e cioè: che io stesso ero infelice.

Il senso di spavento e di offesa si è trasformato sulla sua faccia dapprima in un doloroso stupore. E quando poi ho preso a darmi della canaglia e del vigliacco e a piangere a dirotto (ho pronunciato tutta questa tirata in lacrime), tutta la sua faccia si è tesa in una specie di spasimo. Voleva come alzarsi, fermarmi; e quando poi ho finito, lei prestava attenzione non alle mie grida: "Perché sei qui, perché non te ne vai!" ma al fatto che a me, evidentemente, doveva pesare dire tutto questo. E poi era così abbattuta, povera; si considerava infinitamente inferiore a me; come poteva incattivirsi, offendersi? D'un tratto è scattata dalla sedia per un impulso incontenibile e, protendendosi tutta verso di me, ma sempre intimidita e senza osare muoversi dal posto, mi ha porto le braccia... Perfino il mio cuore si è sconvolto. Allora d'un tratto si è buttata verso di me, mi ha cinto il collo con le braccia ed è scoppiata a piangere. Nemmeno io ho resistito e sono scoppiato a singhiozzare come non mi era mai capitato prima...

«Non mi lasciano... Io non posso essere... buono!» ho detto a malapena, poi sono arrivato fino al divano, ci sono caduto a pancia in giù e per un quarto d'ora ho singhiozzato in preda a un'autentica crisi isterica. Lei mi si è buttata addosso, mi ha abbracciato e ed è come rimasta bloccata in questo abbraccio.

Ma tuttavia la cosa era che la mia crisi isterica doveva pur passare. E così (evidentemente sto scrivendo la schifosa verità), mentre ero sdraiato a pancia in giù sul divano, fermo lì, e affondavo la faccia nel mio miserabile cuscino di pelle, ho cominciato a poco a poco, da lontano, senza volere, ma irrefrenabilmente, a sentire che adesso sarebbe stato imbarazzante alzare la testa e guardare Liza dritta negli occhi. Di che cosa mi vergognavo? – non lo so, ma mi vergognavo. Mi è anche balenato nella mia mente sconvolta che evidentemente i ruoli adesso si erano definitivamente invertiti, che l'eroina adesso era lei, mentre io ero una creatura umiliata e schiacciata, proprio come lei davanti a me quella notte – quattro giorni prima... E tutto questo mi è venuto in mente già in quei minuti in cui stavo sdraiato sul divano a pancia in giù!

Dio mio! Possibile che allora la invidiassi?

Non so, ancor oggi non so decidere, ma allora, naturalmente, potevo capire questo ancora meno di adesso. Senza esercitare potere e tirannia su qualcuno io evidentemente non posso vivere... Ma... ma evidentemente con i ragionamenti non si spiega niente, e di conseguenza, anche ragionare è inutile.

Io, tuttavia, mi sono vinto e ho sollevato un po' la testa; bisognava pure sollevarla, prima o poi... Ed ecco, sono tuttora convinto che proprio perché mi vergognavo di guardarla, nel mio cuore d'un tratto allora si è acceso ed è divampato un altro sentimento... un sentimento di dominio e di possesso. I miei occhi brillavano di passione, e io stringevo forte le sue mani. Come la odiavo e come mi sentivo attirato da lei in questo momento! Un sentimento rafforzava l'altro. Assomigliava quasi a una vendetta!.. Sulla sua faccia si esprimeva dapprima come perplessità, quasi perfino paura, ma solo per un attimo. Mi ha abbracciato con entusiasmo e ardore.

X

Un quarto d'ora dopo correvo avanti e indietro per la stanza con indemoniata impazienza, mi avvicinavo ogni momento al paravento e lanciavo un'occhiata a Liza dalla fessura. Lei sedeva sul pavimento, con la testa piegata sul letto e, evidentemente, piangeva. Ma non se ne andava, ed era questo che mi irritava. Questa volta sapeva già tutto. L'avevo offesa definitivamente, ma... non c'è nulla da raccontare. Lei indovinava che il mio accesso di passione era appunto una vendetta, un nuovo modo di umiliarla, e che al mio odio di prima, quasi privo di un oggetto, si aggiungeva adesso un odio ormai *personale, di invidia* per lei... E comunque, non sostengo che lei avesse capito tutto questo distintamente; ma però aveva capito perfettamente che sono un uomo schifoso e, soprattutto, non in condizione di amarla.

157

Lo so, mi diranno che questo è inverosimile – è inverosimile essere così cattivi, stupidi, come me; magari, aggiungeranno ancora, è inverosimile non amarla o perlomeno non apprezzare questo amore. Ma perché inverosimile? In primo luogo, io amare ormai non potevo più, perché, lo ripeto, amare per me – significava tiranneggiare e avere la supremazia morale. Per tutta la vita non potevo nemmeno immaginare un amore diverso ed ero arrivato al punto che a volte adesso penso che l'amore consista appunto nel diritto, volontariamente concesso dall'oggetto amato, di tiranneggiarlo. Io nemmeno nei miei sogni da sottosuolo mi figuravo l'amore altrimenti che come una lotta, la facevo sempre cominciare con l'odio e finiva con la sottomissione morale, e poi non riuscivo nemmeno a immaginare che cosa farmene dell'oggetto sottomesso. E poi quello che è inverosimile qui, quando ero già riuscito a molestare me stesso moralmente, fino a tal punto mi ero disabituato alla "vita viva"[56], che prima avevo pensato di rimproverarla e svergognarla perché era venuta da me ad ascoltare "parole patetiche"; e non mi rendevo minimamente conto che non era venuta affatto per ascoltare parole patetiche, ma per amarmi, perché per una donna proprio nell'amore consiste tutta la resurrezione, tutta la salvezza da qualsiasi distruzione e tutta la rinascita, e altrimenti non può manifestarsi se non in questo. Comunque, io non la odiavo ancora molto quando correvo per la camera e lanciavo occhiate nella fessura oltre il

---

[56] Concetto diffuso presso gli slavofili e anche in Turgenev e Herzen: vita non intellettuale, molto semplice, basata sull'ordinario e il quotidiano.

paravento. Mi era soltanto insopportabilmente pesante che fosse qui. Volevo che scomparisse. "Tranquillità" desideravo, restarmene da solo nel sottosuolo desideravo. La "vita viva" per la disabitudine mi aveva a tal punto oppresso, che perfino a respirare facevo fatica.

Ma sono passati ancora alcuni minuti, e lei ancora non si alzava, come se fosse incosciente. Ho avuto la spudoratezza di bussare piano piano sul paravento, per ricordarle... D'un tratto si è riavuta, si è alzata dal posto e si è buttata a cercare il suo scialle, il suo cappellino, la pelliccia, come volesse salvarsi da me fuggendo via... Due minuti dopo è uscita lentamente da dietro il paravento e mi ha lanciato un'occhiata pesante. Ho fatto un sorrisetto cattivo, forzato del resto, per *beneducazione*, e ho distolto gli occhi dal suo sguardo.

«Addio» ha detto lei, dirigendosi verso la porta.

D'un tratto sono corso da lei, le ho preso la mano, l'ho aperta, ci ho messo... e poi l'ho richiusa. Subito dopo mi sono girato dall'altra parte e sono scattato in fretta all'angolo opposto, per non vedere quantomeno...

In questo momento avrei voluto mentire — scrivere che non lo avevo fatto apposta, inconsapevole a me stesso, confuso, per stupidità. Ma non voglio mentire e quindi dico chiaro e tondo che le ho aperto la mano e ci ho messo... per cattiveria. Mi era venuto in mente di farlo mentre correvo avanti e indietro per la camera, e lei stava seduta dietro il paravento. Ma ecco cosa posso dire con certezza: ho fatto questo gesto crudele apposta, sì, non però col cuore, ma con la mia testa balorda. Questa crudeltà era a tal punto posticcia, a tal punto di testa, costruita

apposta in modo artificioso, *libresca*, che io stesso
non l'ho sopportato nemmeno un minuto –
prima sono scattato in un angolo per non vedere,
e poi con vergogna e disperazione mi sono
lanciato al seguito di Liza. Ho aperto la porta del
seni e mi sono messo in ascolto.
«Liza! Liza!» ho gridato nelle scale, ma senza
coraggio, sottovoce...
Non c'è stata risposta, mi è sembrato di sentire i
suoi passi sui gradini più bassi.
«Liza!» ho gridato più forte.
Nessuna risposta. Ma in quel momento ho
sentito dabasso che con pesantezza, con un
cigolio si apriva la massiccia porta a vetri che
dava sulla via e poi sbattere chiusa. Il rumore è
venuto su per le scale.
Se n'era andata. Sono rientrato in camera
perplesso. Sentivo un peso terribile.
Mi sono fermato al tavolo vicino alla sedia su cui
era stata seduta lei, e guardavo davanti a me
senza senso. È passato più o meno un minuto,
d'un tratto ho avuto tutto un fremito: dritto
davanti a me, sul tavolo, ho visto... insomma ho
visto la banconota azzurra da cinque rubli
spiegazzata, la stessa che un minuto prima avevo
stretto nella sua mano. Era *quella* banconota;
un'altra non poteva essere; un'altra in casa non
c'era. Lei, evidentemente, aveva fatto in tempo a
buttarla dalla mano sul tavolo, nel momento in
cui ero scattato nell'angolo.
Che dire? io potevo aspettarmi che lo facesse.
Potevo aspettarmelo? No. Ero fino a tal punto
egoista, fino a tal punto non stimavo le persone,
in realtà, che non potevo nemmeno immaginarmi
che lo facesse. Questo non l'ho sopportato. Un
attimo io, come un matto, mi sono precipitato a

vestirmi, mi sono messo addosso quello che sono riuscito a casaccio, e a perdifiato mi sono messo a correrle dietro. Non aveva fatto in tempo a fare nemmeno duecento passi, quando sono corso fuori nella via.

C'era silenzio, la neve fioccava e cadeva quasi perpendicolare, stendendo un cuscino sul marciapiede e sulla via deserta. Non c'era nessun passante, non si sentiva nessun suono. Deprimenti e inutili tremolavano i lampioni. Sono corso per duecento passi o giù di lì fino all'incrocio e mi sono fermato.

"Dove è andata? e perché le corro dietro? A che scopo? Cadere in ginocchio davanti a lei, mettermi a singhiozzare pentito, baciarle i piedi, implorare perdono!" Era questo che volevo; tutto il mio petto si squarciava in pezzi, e mai, mai ricorderò questo momento con indifferenza. "Ma – a che scopo?" mi è venuto da pensare. "Perché, non mi metterò a odiarla, magari, domani stesso, proprio perché oggi le ho baciato i piedi? Perché, le darò la felicità? Perché, non mi sono reso conto oggi di nuovo, per la centesima volta, quanto valgo? Perché, non la tormenterò?"

Stavo in piedi nella neve, fissando la tenebra torbida, e pensavo a questo.

"E non sarà forse meglio, non sarà forse meglio" fantasticavo ormai a casa, soffocando con le fantasie il dolore vivo del cuore "non sarà forse meglio se lei si porterà con sé per sempre la mortificazione? La mortificazione – evidentemente è purificazione; è la più bruciante e dolorosa presa di coscienza! Domani stesso le avrei infangato l'anima e le avrei sfinito il cuore. E la mortificazione non si spegnerà in lei adesso mai, e per quanto schifoso sia il fango che la aspetta – la mortificazione la eleverà e la purificherà... con l'odio... hmm... forse anche col perdono... E, comunque, sarà forse alleviata da tutto questo?"

E davvero: ecco io adesso pongo da parte mia una domanda oziosa: che cos'è meglio – una felicità a buon mercato o sofferenze elevate? Ordunque, che cos'è meglio?

Così mi veniva da pensare, mentre me ne stavo quella sera a casa mia, a malapena vivo per il dolore dell'anima. Mai avevo sopportato tanta sofferenza e tanto pentimento; ma poteva forse esserci qualche dubbio, quando ero uscito di corsa dall'appartamento, che non sarei tornato a casa a metà strada? Mai più ho incontrato Liza e nulla ho sentito di lei. Aggiungo anche che per molto tempo sono stato soddisfatto della *frase* sull'utilità della mortificazione e dell'odio, nonostante io per poco non mi sia ammalato d'angoscia.

Perfino adesso, dopo tanti anni, tutto questo è troppo *brutto* da ricordare. Molte cose adesso sono brutte da ricordare, ma... non è meglio finire qui le «Memorie»? Mi sembra di avere fatto un errore, cominciando a scriverle. Quantomeno ho provato vergogna per tutto il tempo in cui scrivevo questa *storia*: quindi, non è più letteratura, ma una punizione correzionale. Evidentemente raccontare, per esempio, lunghe storie su come ho avuto delle mancanze nella mia vita per corruzione morale nel mio angolo, insufficienza dell'ambiente, disabitudine al vivo e cattiveria vanagloriosa nel sottosuolo – quanto è vero Dio, non è interessante; in un romanzo ci vuole un eroe, e qui sono raccolti *apposta* tutti i tratti di un antieroe, e l'essenziale è che tutto ciò produca un'impressione spiacevolissima, perché tutti noi siamo disabituati alla vita, tutti zoppichiamo, chi più chi meno. Anzi siamo talmente disabituati che a volte proviamo per l'autentica "vita viva" una sorta di schifo, e per questo non possiamo nemmeno sopportare che ce la rammentino. Evidentemente siamo arrivati al punto di considerare l'autentica "vita viva" quasi una fatica, poco meno che un lavoro, e siamo tutti d'accordo dentro di noi che è meglio la vita da manuale. E perché ci sbattiamo a volte, perché facciamo capricci, che cosa vogliamo? Non sappiamo nemmeno noi cosa. E staremmo peggio, se le nostre richieste capricciose le realizzassero. Ebbene, provateci, su, dateci, per esempio, più indipendenza, slegate a chiunque di noi le mani, ampliate la nostra sfera di attività, indebolite la tutela, e noi... ma ve lo garantisco: noi chiederemo subito di ritornare indietro alla tutela. So che voi, forse, vi arrabbierete con me per questo, griderete, pesterete i piedi: "Parlate per voi, direte, solo e per le vostre *misère* da sottosuolo, e non osate dire: 'tutti noi'". Permettete, signori, evidentemente io non mi giustifico con questo noituttismo[57]. Per quel che poi riguarda me personalmente, evidentemente nella mia vita ho solo portato all'estremo quello che voi non avete osato portare nemmeno fino a metà, e perdipiù la vostra paura l'avete presa per ragionevolezza, e così vi siete consolati, ingannando voi stessi. Quindi io, magari, ne esco ancor più "vivo" di voi. Ma guardate con più attenzione! Evidentemente non sappiamo

---

[57] La parola russa è *vsemstvo*, e Dostoevskij la usa solo qui. Viene da «vse my», tutti noi.

nemmeno dove vive il vivo adesso e che cos'è, come si chiama? Lasciateci soli, senza manuale, e subito ci confondiamo, ci perdiamo – non sapremo a cosa aderire, a cosa attenerci; cosa amare e cosa odiare, cosa stimare e che cosa disprezzare? Anche essere persone per noi è un fardello – persone con un corpo e sangue vero, *nostro*; ci vergogniamo di questo, lo consideriamo un disonore e ci sforziamo di essere certe inesistenti persone generiche[58]. Siamo nati morti, e da tempo non nasciamo più da padri vivi, e questo ci piace sempre di più. Ci prendiamo gusto. Presto escogiteremo il modo di nascere da un'idea. Ma basta; non voglio più scrivere "dal Sottosuolo"...

Comunque, non finiscono ancora qui le "memorie" di questo paradossista. Non ce l'ha fatta e ha continuato. Ma anche a noi sembra che qui ci si possa fermare.

---

[58] *Obŝečelovek.*

Bruno Osimo Sguardi rubati ; Gianpaolo Tescari
Bruno Osimo Bolle d'accompagnazione
Bruno Osimo Proposta sibillina
Bruno Osimo Ce l'hai scarico da un pezzo
Bruno Osimo Sei un vaso di fiori di campo
Bruno Osimo La scoiattola d'autunno

Semiotica

Bruno Osimo Semiotica semplice
Bruno Osimo Semiotics for Beginners
Bruno Osimo Semiotica per principianti
Lev Vygótskij, Pensiero e parola
Charles Sanders Peirce Filosofia della mente
Jurij Lotman Il testo nel testo
Jurij Lotman Le tre funzioni del testo
Jurij Lotman Autocomunicazione: «Io» e «Un altro» come destinatari
Jurij Lotman Le mie memorie 1922-1940
Jurij Lotman La semiosfera: culture
Jurij Lotman La cultura e l'intelligentnost'
Jurij Lotman Il ruolo dell'arte nella cultura
Jurij Lotman Asimmetria e dialogo
Jurij Lotman Il modello della struttura bilingue
Peeter Torop La semiotica della cultura. Introduzione alla scuola di Tartu fondata da Lotman.
Peeter Torop Biografia privata di Lotman attraverso gli autoritratti. Il discorso interno di uno studioso
Peeter Torop La transmedialità dell'autocomunicazione della cultura
Peeter Torop Sugli inizi della semiotica della cultura alla luce delle tesi della scuola di Tartu-Mosca

Opere di Gógol'

La lettera scomparsa
Notte di maggio ovvero L'annegata
La sera della vigilia di Ivàn Kupàla
La fiera di Soróčinci
Memorie di un pazzo

166

Il parassitismo
Sonata «Kreutzer»
Il desiderio sessuale
Religione e morale
Perché la gente si droga?
Perché non mangio la carne

Opere di Dostoevskij

Notti bianche
Memorie dal sottosuolo
Il villaggio di Stepànčikovo e i suoi abitanti

Opere di Leskóv

L'ebreo in Russia
Il pellegrino incantato. Il mancino
L'angelo sigillato. L'ebreo in Russia

Opere di Bulgàkov

Comune operaia № 13
Il mago nero
Ho ucciso e altri racconti

Opere di Pùškin

Evgénij Onégin

Fiabe popolari

Sivko-burko
Fiaba su Ivàn-zarévič, sull'uccello-brace e sul lupo grigio
Vasilìsa la bellissima. La sorellina volpina. Ivàn Zarévič

Sulla traduzione

Peeter Torop Total Translation
Vlahov Florin The Translation of Realia
B., S.A. Osimo Cognitive distortion, translation distortion, and poetic distortion as semiotic shifts
Bruno Osimo On Psychological Aspects of Translation

Bruno Osimo Literary translation and terminological precision: Chekhov and his short stories
Bruno Osimo Basic notions of Translation Theory
Bruno Osimo Translation Studies. Contributions from Eastern Europe
Bruno Osimo Handbook of Translation Studies
Bruno Osimo Juri Lotman's Translation Handbook
Bruno Osimo Dictionary of Translation Studies
Bruno Osimo History of Translation
Bruno Osimo Roman Jakobson's Translation Handbook
Bruno Osimo The Translation of Culture
Bruno Osimo Prototext-metatext translation shifts
Anton Popovič La scienza della traduzione
Peeter Torop La traduzione totale
Aleksandar Lûdskanov Un approccio semiotico alla traduzione
Vlahov Florin La traduzione dei realia
Revzin Rozencvejg Manuale di semiotica della traduzione
Jiří Levý La creatività linguistica e letteraria del traduttore
Jiří Levý Stile letterario e stile traduttivo. Come si forma il traduttese
Zuzana Jettmarová Teoria ceca della traduzione
B., S.A. Osimo Distorsione cognitiva, distorsione traduttiva e distorsione poetica come cambiamenti semiotici
Bruno Osimo Manuale del traduttore di Giacomo Leopardi
Bruno Osimo Peeter Torop per la scienza della traduzione
Bruno Osimo La traduzione totale. Spunti per lo sviluppo della scienza della traduzione
Bruno Osimo Teoria della mediazione linguistica
Bruno Osimo Traduzione come metafora, traduttore come antropologo
Bruno Osimo La memoria della cultura: traduzione e tradizione in Lotman
Bruno Osimo Traduzione e nuove tecnologie
Bruno Osimo Terminologia semiotica e scienza della traduzione
Bruno Osimo La lingua non salvata
Bruno Osimo Traduzione giuridica e scienza della traduzione
Bruno Osimo Traduzione della cultura
Bruno Osimo Traduzione letteraria e precisione terminologica
Bruno Osimo Traduzione e qualità
Bruno Osimo Traduzione: aspetti mentali

Fuori collana

Federico Bario Come batteva il tamburo
Aleksandr Ânov Le origini dell'autocrazia
Anatolij Rybakov Gli anni del grande terrore
Raffaello Giovagnoli Spartaco
Mihail Arcybašev Sangue
Mikhail Artsybashev Blood
Julija Voznesenskaja Decamerone delle donne
Solomon Volkov Pietroburgo. Storia culturale
Solomon Volkov Šostakovič e Stalin: l'artista e lo zar
Howard Rheingold Comunità virtuali
Bruno Osimo Il poeta in affari veniva da molto lontano
Bruno Osimo Esercizi di stile traduttivo
Bruno Osimo Melanzane dall'antipasto al dolce
Bruno Osimo Dizionario di psicoanalisi
Lucilla Porta, Una sorta di affetto. Romanzo
Tamara Nigi, Stazioni di transito. Haiku scritti sull'acqua
Poesia nascosta. Seicento ricette di cucina ebraica in Italia
Graziella Colonna, Memorie 1927-2024